FaLA a VERdade

Amigas para Sempre

Volume 1 – *Como ficamos amigas*
Volume 2 – *Seja você mesma*
Volume 3 – *Ser feliz é fácil*
Volume 4 – *Proibido se apaixonar*
Volume 5 – *Fala a verdade*
Volume 6 – *Conte até dez*

CaRe sAnTos

FaLA a VERdade

Amigas para Sempre

Tradução de
MIGUEL BARBERO

EDITORA RECORD
RIO DE JANEIRO • SÃO PAULO

2007

CIP-Brasil. Catalogação-na-fonte
Sindicato Nacional dos Editores de Livros, RJ.

S234f   Santos, Care, 1970-
         Fala a verdade / Care Santos; tradução de Miguel
         Barbero. – Rio de Janeiro: Record, 2007.
         (Amigas para Sempre; v.5)

         Tradução de: Dime la verdad
         Seqüência de: Proibido se apaixonar
         Continua com: Conte até dez
         ISBN 978-85-01-06447-9

         1. Adolescentes (Meninas) – Literatura juvenil.
         2. Literatura juvenil espanhola. I. Barbero, Miguel.
         II. Título. III. Série.

07-1787   CDD – 028.5
                                           CDU – 087.5

Título original em espanhol:
DIME LA VERDAD

Copyright © 2003, Care Santos Torres
Publicado mediante acordo com Sandra Bruna Agència
Literària, S.L.

Projeto de capa, ilustrações e logo da série: Vinicius Vogel

Todos os direitos reservados. Proibida a reprodução, no todo
ou em parte, através de quaisquer meios. Os direitos morais
do autor foram assegurados.

Direitos exclusivos de publicação em língua portuguesa somente
para o Brasil adquiridos pela
EDITORA RECORD LTDA.
Rua Argentina 171– Rio de Janeiro, RJ – 20921-380 – Tel.: 2585-2000
que se reserva a propriedade literária desta tradução

Impresso no Brasil

ISBN 978-85-01-06447-9

PEDIDOS PELO REEMBOLSO POSTAL
Caixa Postal 23.052
Rio de Janeiro, RJ – 20922-970

Sumário

Querido Papai Noel, você me traria
um sutiã?   7

Se o meu pai fosse um torrone, seria o mais
gostoso do mundo   25

Comer com pauzinhos não é bom para
a conversa   45

A colônia Caramba não tem cheiro de lavanda   65

Nem todos os problemas se chamam Lílian,
mas quase todos   81

No Natal, todo mundo é alérgico a gato   101

A catapora não tira férias   117

As coisas boas também podem acontecer
todas de uma vez   135

12 uvas, 7 gatos, 3 amigas, uma bola e a barba
do Papai Noel   151

Fala a verdade   169

Querido Papai Noel, você me traria um sutiã?

Pensem em um lugar horrível. Por exemplo, um local fechado, sem luz natural, só com uma passagem estreita, cheio de letreiros que dizem o que você deve fazer e com um banheiro a cada dois andares. Imaginaram? Agora encham de gente. Dezenas, centenas, milhares de pessoas; todas tentando entrar, sair, passar, subir, pegar ou perguntar alguma coisa. Todas movendo-se sem descanso, chocando-se umas às outras, tropeçando, falando ao mesmo tempo, *burburinhando*. Se somarem a tudo isso o som de uma canção natalina, dessas de sempre, retumbando no megafone, interrompida, a cada trinta segundos, por algum aviso que faz você lembrar onde está ou o que não pode deixar de comprar, antes de ir embora, vocês já alcançaram a atmosfera que se respira nas lojas de departamento, poucos dias antes do Natal. Um ambiente repugnante, digo para o caso de não ter ficado claro para alguém.

Só existe um motivo pelo qual o Natal não me parece de todo mau: é a única época do ano em que o meu pai dorme em casa mais de duas noites seguidas. Como minha mãe fica o dia inteiro muito atarefada com as últimas compras — todas as compras são para ela "as últimas compras" — e os senhores executivos chatos, sempre vestidos de terno e gravata, com quem papai costuma tomar café-da-manhã, almoçar ou jantar nas outras épocas do ano agora estão todos de férias, o Natal, doce Natal, é a época do ano em que gosto de pertencer a essa família só por um motivo: meu pai e eu aproveitamos as festas para nos colocarmos a par de tudo o que aconteceu nos 355 dias que passamos separados. Adoro que o meu pai me leve para comer em restaurantes estranhos, onde é ele quem sempre escolhe a comida, e também que me dedique todo o seu tempo; afinal, sou sua filha favorita (embora ele não tenha nenhuma outra filha além de mim, sei o que ele quer dizer quando fala isso).

Esta história começa, precisamente, apenas algumas horas antes da chegada do meu pai, às vésperas da festa mais odiosa do ano, durante a manhã do primeiro dia de férias natalinas e no pior lugar que se pode escolher em datas tão badaladas: o terceiro andar de uma dessas grandes lojas, em pleno centro da cidade. Misturadas entre as pessoas, como três formigas em um formigueiro enorme, se alguém reparasse bem, teria reconhecido as três amigas de sempre, as inseparáveis, nós: Júlia e seu cabelo preto e curto, Anali e seus traços orientais e eu mesma, Lisa, Eli ou Elisa (dependendo de quem me chame), as três em plena inspeção, em pleno mar de gente e vozes e muito, muito perdidas.

Tudo começou naquela mesma manhã, durante o café, quando mamãe, olhando-me como se estivesse me vendo pela primeira vez e com certo ar de preocupação, me fez uma pergunta muito estranha:

— Os seus seios doem durante as aulas de educação física?

Um tema muito apropriado para o café-da-manhã, pensei. Era como se, de repente, minha mãe me tivesse perguntado: as suas orelhas doem durante as aulas de estudos sociais? No entanto, a pergunta materna tinha um sentido menos escondido do que o que eu imaginei no começo. Soube disso quando descobri minha mãe olhando para os dois vultos que haviam crescido (fazia bastante tempo, na verdade) no meu peito, e que se podem notar mais especialmente quando estou de pijama. É uma coisa bastante chata: de repente, sem saber como ou por que, seu corpo decide se transformar e não resta outro remédio senão assumir isso, com menos ou mais resignação, gostando ou não gostando. Devo dizer que não conheço ninguém que tenha gostado, pelo menos no começo, e que conheço muitos casos, a maioria, em que a resignação brilha por sua ausência. Um deles é o da minha amiga Júlia, que se empenha em ficar brava com o universo inteiro, incluindo sua anatomia. Mas teremos tempo para falar da Júlia. Por enquanto, continuemos falando da minha mãe e de sua pergunta preocupada.

— A verdade é que não doem tanto — respondi.

Aquela resposta desconcertou um pouco a mamãe, eu pude notar. Entretanto, de qualquer maneira, não creio que sua frase seguinte teria sido diferente.

— Você precisa de um sutiã — disse, muito segura.

Pensou um instante, o suficiente pra rebobinar a fita de sua memória e chegar à pré-adolescência, e afirmou:

— Sua avó comprou meu primeiro sutiã quando eu fiz 12 anos.

"Então estamos com um ano de atraso", me ditou aquela voz que todas carregamos dentro da moleira (a minha é particularmente impertinente e cínica; como é a de vocês?).

Às vezes, minha mãe parece ter a capacidade de escutar os meus pensamentos.

— Ainda que eu não tenha usado até chegar aos treze — acrescentou.

Logo ficou pensativa, com cara de estar imaginando algo muito transcendental, e encerrou a questão, com um desses pensamentos que os pais e as mães de todo o planeta não podem evitar, de tão evidentes:

— Você está crescendo, Lisa — disse ela.

Em seguida, voltou de seu ensimesmamento, para resolver aquele assunto que acabava de surgir diante de seu nariz. Minha mãe é assim: um problema nunca dura mais de cinco minutos. Ela logo encontra a maneira de solucionar as coisas e, também, o melhor momento e a energia suficiente para fazê-lo. Devo acrescentar que, de qualquer maneira, nesse caso, o problema não apresentava nenhuma dificuldade excessiva.

— Vem comigo — ela ordenou, dirigindo-se ao próprio quarto.

Quando a vi remexendo na gaveta de sua roupa íntima mais vulgar, temi pelo pior. Ela resmungava alguma coisa entre dentes que, uma vez decodificada, resultou em uma afirmação terrível:

— Deixe-me ver se encontro alguma coisa minha que sirva para você.

De imediato, desfilaram pela minha cabeça todos os sutiãs horrorosos que eu tinha visto alguma vez na vida. Desde aqueles que usava Vicenta, a empregada, duros como a carapaça de uma tartaruga, até os cor de pele da minha mãe ou os espartilhos de couro que a minha avó costumava usar, fosse inverno ou verão. Pensei que, de uma hora para outra, iria ver sair daquela gaveta uma dessas prendas horrorosas, que a minha mãe iria pedir que eu a usasse, e me bateu uma vontade de fugir de casa. As minhas suspeitas se confirmaram, quando a mamãe, com ar triunfal, acompanhado de um suspiro, tirou da gaveta um sutiã feiíssimo, de uma cor que ficava entre o sujo e o horrível.

— Tome — ofereceu. — Experimente este. E não venha dizer que não gostou.

A mamãe não é boba. Já imaginava que eu não ia gostar do sutiã, por isso fez esse comentário. De fato, não gostei nem um pouco. Olhei-o com cara de nojo.

— Pegue — ordenou ela —, não está infectado.

Mas aquele pedaço de tecido exercia sobre mim uma influência nefasta: me sentia paralisada, incapaz de estender o braço sequer para tocá-lo. Enchime de forças e, por fim, me atrevi a dizer à minha mãe o que eu pensava de sua roupa íntima:

— É horrível, mãe. Não quero vestir isso. Não quero nem tocar nisso.

Mamãe deixou cair o sutiã de novo dentro da gaveta, enquanto seu rosto assumia a maior expressão de estranheza que vocês possam imaginar:

— Eita — disse, — e o que tem de ruim a minha roupa íntima?

— É antiga — me apressei em responder, sem saber muito bem como ela ia levar o comentário.

Por sorte, mamãe estava em um dia compreensivo e não lhe caiu mal aquele meu modo sutil de chamá-la de velha. Vendo o sucesso da primeira tentativa, arrematei a jogada:

— Quero um novo.

Ela fechou a gaveta com força e, com um certo ar de ofendida, resolveu:

— Muito bem. Vamos comprar um amanhã.

— Prefiro ir com as minhas amigas — prossegui.

Realmente, mamãe estava em um dia simpático, apesar de seu ar de dignidade. Isso não acontece com freqüência. Eu poderia ter aproveitado para pedir um aumento na mesada, mas não pensei nisso.

— Ah, é? — perguntou — Então está bom. Te dou o dinheiro e você vai. Você está crescendo, Lisa, filha, vou ter que me acostumar.

Não me pareceu o momento mais oportuno para organizar um debate necessário sobre o alcance dessa última afirmação da mamãe. Preferi deixar a coisa para outro momento, dizer que sim para tudo e correr para ligar para as minhas amigas do peito, com a intenção de lhes propor um início de férias de fim de ano, digamos, diferente.

— Minha mãe me incumbiu de comprar um sutiã pra mim — disse a ambas.

Não estava esperando a pergunta que Anali me fez:

— Um sutiã? Pra quê?

— Para que os meus seios não doam, na aula de educação física — respondi, sem pensar duas vezes.

— Doem muito?

— Por enquanto, nada — confessei.

— Ah. Então, para que você quer um sutiã?

Não foi fácil convencer Anali de que, ainda que eu não estivesse de acordo com todas e cada uma das aplicações que a minha mãe atribuía ao meu novo sutiã, eu gostava da idéia de comprar um. Pelo visto, ela não havia sequer pensado na possibilidade de ter um e, muito menos, de usá-lo. Prometeu-me que pensaria nisso, naquela mesma noite.

Júlia, como sempre, foi muito original.

— Que inveja que eu sinto de você — disse — eu também gostaria de comprar um.

— E por que não compra? Vai ser divertido a gente experimentar juntas — tentei animá-la.

— Porque não há nenhum sutiã que fique bem em mim — encerrou, em um tom muito cortante.

— Como é que é?

A afirmação seguinte ela disse, no seu tom habitual de brava-com-o-mundo:

— Porque só o meu seio direito cresce. O esquerdo está como sempre. É um saco.

Tentei fazer com que ela não escutasse minha risada do outro lado da linha. Foi assim que a gente combinou de passar a manhã do nosso primeiro dia de férias natalinas no terceiro andar de uma grande loja, dedicadas à busca e à captura do primeiro sutiã de Lisa, eu mesma, a menina que nunca sentiu dor nos seios durante as aulas de educação física.

Não sei se vocês sabem que eu tenho uma gata. Chama-se Roxi e não faz muito tempo que teve um namorado siamês e começou a fazer coisas esquisitas. Passava o dia miando ou procurando as carícias de todo mundo (inclusive da Vicenta, que não suporta nem vê-la, sentimento que é recíproco) ou mesmo se esfregando contra as almofadas da minha cama. Logo começou a escapar de casa, mas não devia ter muito sucesso, porque nunca estava contente quando voltava. Todos os problemas amorosos dela terminaram, no dia em que adotei o gato da Raquel. Seria muito comprido e muito tedioso contar todos os detalhes dessa história, mas basta que vocês saibam que Raquel teve que sumir por alguns dias e me encarregou de cuidar de seu gato, o Uj, um felino loiro-alaranjado, com a pele pintada, atlético e de olhar amarelo e penetrante. Um *sex symbol* dos gatos. Assim foi que Roxi e Uj começaram a dividir tudo: do prato de comida à caixa de areia perfumada especial para gatos, onde os dois faziam suas necessidades, por turnos. O resto do tempo passavam na cesta da Roxi, enredando-se e ronronando, felizes como se fossem recém-casados. Não era difícil imaginar que tinham gostado muito um do outro. Do que não podíamos suspeitar era das conseqüências de tudo aquilo, que não demoraram a se fazer notar, e como, primeiro na forma de uma barriga enorme que a pobre Roxi carregava, quase arrastando pelo chão, e em seguida nos sete gatinhos brincalhões, lindos e de olhos claros, que saíram dela como em um passe de mágica. Tinham os olhos cinzento-azulados da mãe e a pele alaranjada do pai. E, em travessuras, ninguém ganhava deles. Nasceram em um sábado, em meados de novembro, e Roxi teve uma companhia de luxo: lá estávamos as inseparáveis, nervosíssimas, vendo sair gatinhos e mais gatinhos daquelas tripas. Raquel também não quis perder o acontecimento, nem Vicenta, nem minha mãe, nem Lílian (e isso mesmo sem ter sido convidada, porque já naquela época a gente não simpatizava nem um pouco com ela). Assistíamos ao espetáculo, enquanto comíamos um daqueles deliciosos bolos de chocolate que Vicenta faz. Foi uma boa maneira de celebrar. Até Roxi comeu um pouquinho, quando tudo terminou. O chocolate a ajudou a recuperar as forças depois do parto. Apesar do cansaço, ela parecia muito mais tranqüila do que nós.

— Sete gatos! Onde vamos metê-los? — exclamava mamãe, com os olhos a ponto de sair de suas órbitas.

Eu ainda não tinha pensado nisso. Em compensação, acabavam de me ocorrer os nomes que daria a toda aquela população felina. Era uma idéia genial. Meus novos gatinhos, que mamavam com desespero e ainda não tinham forças para abrir os olhos, já tinham nome: o primeiro que nasceu se chamaria Segunda-feira. E os demais, vocês adivinham? Claro! Apresento-lhes os meus gatos siameses cor de laranja: Segunda-feira, Terça-feira, Quarta-feira, Quinta-feira, Sexta-feira, Sábado e Domingo. Quarta-Feira, Sexta-Feira e Sábado eram gatas, mas não me importei: adoro nomes originais!

Em que andar de uma grande loja vocês procurariam um sutiã? Essa foi a primeira discussão da tarde.

— No andar das senhoras. As senhoras usam sutiã. É por isso — dizia Anali, aplicando toda a sua lógica.

— Mas a Eli não é uma senhora — argumentava Júlia, também com razão — é preciso procurar no andar das meninas.

— Nesse caso, deve ser no de *Meninos* — matizava Anali.

— E desde quando os meninos usam sutiã?

Júlia é uma respondona. É parte de seu encanto. Embora eu deva advertir que há quem pense que eu sou ainda mais respondona do que ela.

O andar das senhores é o primeiro. O de meninas (ou de *Meninos*, ou de *Meninos e Meninas*, que já passa da hora de mudar esse nome), o quinto. Decidimos, por comodidade ou por preguiça, começar pelo primeiro andar. Nos dirigimos à seção chamada Roupa Íntima (a idéia também foi da Anali, que parecia muito inteirada de tudo e ia nos guiando, como aqueles japoneses com crachá, que sempre conduzem um rebanho de japoneses sem crachá e com câmeras fotográficas ou filmadoras, quase sempre digitais). Assim que chegamos, começamos a remexer nos modelitos expostos.

Havia muita variedade, muita quantidade e muitas cores e eu poderia me entreter durante muito tempo, nas descrições de tudo o que a gente viu, usando todos os sinônimos de "feio" que apareçam no dicionário. Só vou dizer a vocês que nada do que havia ali se parecia, nem um pouquinho, com o sutiã que eu tinha imaginado. Para esclarecer um pouco mais o conceito, talvez ajude a vocês saber que a minha mãe, a minha avó e a bisavó da minha avó ficariam muito contentes de gastar ali os seus salários extras. Nós tínhamos nos confundido de andar, em resumo. E, caso as minhas suspeitas não bastassem, apareceu, do nada, a vendedora mais antipática do planeta (e que, curiosamente, andava de um lado para o outro, precisamente naquele departamento), para nos abordar, de um modo muito ruim:

— O que vocês estão fazendo aqui, meninas? Se estão procurando alguma coisa para vocês mesmas, têm que ir ao quinto.

No quinto (andar, está subentendido) encontramos uma enorme variedade de breguices. Conjuntos de calcinha e sutiã cor-de-rosa e com um Mickey Mouse desenhado entre as nádegas ou entre os seios, por exemplo. Ou, ainda pior: com um Ursinho Pooh. Júlia e eu morríamos de rir, a cada nova peça que Anali resgatava do fundo das estantes, perguntando uma e outra vez:

— E este, que tal?

Horrível. Tudo era horrível. Quem faz essas coisas? Será que os fabricantes de roupa íntima para pré-adolescentes não têm nada na cabeça? Ou não conhecem nenhuma pré-adolescente que não seja uma brega em potencial? Ou será que pretendem exatamente isso: converter todas as pré-adolescentes da galáxia em umas bregas sem cura, viciadas em rosa e no Ursinho Pooh? Não sabem que ninguém entre dez e vinte anos (e suspeito que também as velhas de 25 ou as mães de trinta) jamais vestiria uma calcinha estampada com Teletubbie Tinky Winky, por exemplo? Se, por acaso, esta história cair na mão da filha, da sobrinha, da irmã menor ou da rica herdeira de um fabricante de calcinhas desse tipo, me ofereço, desde já, como assessora para a sua grande empresa. Vocês não sabem o quanto é necessário, de verdade.

Voltando ao assunto da nossa tarde no centro comercial, fomos assaltadas por outra vendedora que, com uma cara só um pouco mais amável que a da sua companheira do primeiro andar, nos perguntou que tamanho estávamos procurando.

— Não sei — respondi, um pouco desconcertada com a sua pergunta.

(Esclarecimento: o desconcerto não foi por ter de dizer a ela o meu tamanho, ou por não ter a menor idéia de qual fosse, e sim pela estranheza de não ter pensado antes naquele detalhe tão fundamental.)

— É para você? — perguntou a atendente.

As três inseparáveis assentimos com a cabeça, do mesmo jeito que teria feito, no nosso lugar, um monstro de três cabeças que precisasse de um sutiã. Então a vendedora me olhou diretamente nos seios, com tanto empenho, que quase parecia que esperava que eles próprios começassem a falar e respondessem por sua conta. Logo soltou um suspiro e desapareceu da nossa vista, como se urgida por uma pressa muito grande. Teve que dispensar, em sua fuga, seis pessoas que se acumulavam em volta do caixa e se empenhavam em lhe fazer perguntas, todas ao mesmo tempo. A vendedora, no entanto, não parecia se importar muito com aquela multidão porque, em vez de responder, se limitou a lhes dirigir um olhar geral e cheio de irritação, antes de dizer, com a mesma indiferença das grandes artistas, nas coletivas de imprensa:

— Estou atendendo aquelas senhoritas. Vocês terão que esperar a vez de vocês.

Nós ficamos duras. Comprar um sutiã parecia uma tarefa muito complicada. Foi nesse momento que Anali nos chamou a atenção para uma presença em que, até aquele momento, não tínhamos reparado:

— Olhem aquele Papai Noel. Acho que ele vem nos seguindo há um bom tempo.

Júlia e eu nos viramos para olhar, ao mesmo tempo. Isso nos valeu a primeira bronca da Anali:

— Meninas, por favor... vocês não sabem fazer as coisas mais discretamente?

Assim que o Papai Noel se soube descoberto, correu para se esconder atrás de uma vitrine de pijamas de Águeda Feliz Decorada, a estilista de moda (uma das mais vulgares). Suponho que pretendia que a gente não o visse, mas foi inútil. Como costumam dizer nos filmes: tarde demais.

Nesse momento, voltava a vendedora com uma pilha de sutiãs cor-de-rosa, amarelos e azul-claros, estampados com: O mundo redondo de Olie, Pequena Sereia, a porquinha Piggy, Piu-piu, Leitão e outros personagens lamentáveis. Franzi o nariz, disse que não gostava de nenhum e que voltaria mais tarde, ao que a vendedora franziu o nariz, muito mais do que eu, e soltou uma frase entre dentes, queixando-se de que a tínhamos feito perder tempo, e ainda com a quantidade de trabalho que ela tinha para fazer.

A gente se deteve, por um instante, na frente da escada rolante. Anali se aproximou de nós, com um grande ar de mistério, para dizer:

— O Papai Noel também está esperando que a gente decida aonde vai.

Olhamos — desta vez, sim — com muita discrição, em direção ao Papai Noel fajuto, que continuava escondido atrás dos pijamas estampados com flores e coraçõezinhos.

— Está um pouco raquítico — disse Júlia.

— E a barba está torta — notei eu.

— Conhecemos alguém que se disfarce de Papai Noel no Natal? — perguntou Anali.

— Por que vocês não vão conversar em outro lugar, meninas? — perguntou um senhor, apontando para o engarrafamento que estávamos causando, paradas justo naquele lugar.

Tivemos, então, que tomar uma decisão, com urgência. Já que no primeiro andar (das senhoras) não havia nada para mim e no quinto (de meninos e meninas) muito menos, só restava uma solução: o andar de jovens.

Isso levou Anali a formular uma de suas perguntas transcendentais:

— E quando se deixa de ser menina para virar jovem, ou se deixa de ser jovem para virar senhora?

Ah, que mistério. Decidimos deixar a resposta para uma ocasião melhor, se é que pretendíamos sair com vida daquele lugar. E, diante do sufoco, da multidão que começava a aparecer, por todos os lados, e do pouco sucesso alcançado na primeira tentativa de comprar um sutiã, decidimos deixar também o andar jovem (o sexto) para uma ocasião melhor.

De novo na escada rolante, enquanto descíamos, cansadas mas contentes, em direção à nossa liberdade na rua, fora daquele micro-universo de canções natalinas, slogans e senhoras consumistas, Anali voltou a baixar a voz para nos informar:

— Está nos seguindo. Temos que despistar o Papai Noel.

Não foi difícil. Começamos a correr, assim que chegamos no bazar (quarto andar) e, por um corredor lateral, desviando da seção de *Pequenos Eletrodomésticos* e de *Oportunidades*, alcançamos um elevador que, como por milagre, estava ali e de portas abertas, como se estivesse nos esperando.

Em poucos segundos estávamos desfrutando o ar gelado da rua, onde começava a anoitecer e não havia rastro do Papai Noel.

— Nós o despistamos — disse Anali, risonha e triunfante.

— Que pena. Eu poderia ter aproveitado para perguntar a ele se não poderia me trazer um sutiã de presente de Natal. Vocês acham que o Papai Noel também dá esse tipo de presente?

Se o meu pai fosse um torrone, seria o mais gostoso do mundo

Acho que não deve ser muito difícil, para vocês, imaginar minha mãe dizendo o seguinte:

— Elisa, você tem que fazer alguma coisa com esses gatos. Você trouxe aquele bicho para dentro de casa, sem pensar nas possíveis conseqüências. Agora cabe a você, como se fosse uma adulta, se responsabilizar pelos gatinhos. Como você deve entender, não podemos viver com oito gatos, por mais que aprendam a fazer suas necessidades na caixa da Roxi.

Os "oito gatos" a que se referia mamãe eram, na verdade, quatro gatos e quatro gatas: Roxi e todos os seus descendentes. Uj já tinha voltado para a casa dele, isto é, a oficina-loja-madrigueira da Raquel, nossa amiga bruxa e fabricante de colares.

A "responsabilidade" a que se referia mamãe abarcava os sete filhos da Roxi, nem mais, nem menos: sete bolinhas peludas e inquietas que corriam pelo chão à vontade, sem se preocuparem nem um pouco com as broncas da mamãe ou as queixas muito mais surdas da Vicenta.

Na verdade, mamãe teve que sofrer muito pouco com os gatinhos ou com qualquer outro problema que houvesse em casa, já que ela passa o dia inteiro fora. É dessas mulheres constantemente ocupadas, que não têm tempo pra nada a não ser coquetéis, estréias, jogos de squash, encontros beneficentes ou reuniões de mulheres, com as finalidades mais estranhas. E, se a agenda dela já fica lotada durante todo o ano, no Natal minha mãe aprende, com gosto, a se dividir em três, para atender a todos os compromissos. O único momento de aprazível convivência doméstica que ela nos dedica, em datas tão atribuladas, é pela manhã, durante o café, que ela toma sempre entre as oito e as nove, folheando o jornal e sentada à mesa da cozinha, de camisola e robe, mas já maquiada. Ver minha mãe sem maquiagem é outra daquelas coisas impossíveis, como conhecer a fórmula da Coca-Cola ou conseguir que as mensagens de celular sejam gratuitas.

O comentário sobre os gatos a que me referi aconteceu, claro, na hora do café-da-manhã, como quase todas as ordens que saem da boca da mamãe e afetam a casa, a organização familiar e as pessoas que fazem parte dela. Minha mãe curte organizar as nossas existências e, ainda que me pese, devo reconhecer que ela não se dá nada mal. É uma mandona nata.

Naquele dia, no entanto, eu tinha muito interesse em saber uma coisa: a que horas o papai chegaria à cidade e a que horas estaria em casa.

Com os óculos apoiados na ponta do nariz e um croissant de baixa caloria suspenso no ar, mais ou menos na altura do queixo, mamãe consultou sua agenda, da qual quase nunca se separa.

— Hmm — murmurou, vendo todas as anotações que havia no dia que acabava de começar — pelo que está escrito aqui, seu pai chega de Copenhague às seis e meia. Em seguida, tem duas reuniões e um jantar. Com um pouco de sorte, estará em casa à uma ou às duas da madrugada.

Dito isso, fincou os dentes no croissant, tirou os óculos, virou a página do jornal e parou de prestar atenção em mim, como se tivesse se esquecido completamente da minha existência.

— Você vai buscá-lo no aeroporto? — eu quis saber.

Pergunta besta: minha mãe quase nunca busca meu pai no aeroporto. Odeia que a façam esperar. Odeia aeroportos. E olha que estou citando as próprias palavras dela. Espero que não odeie também o papai. Apesar disso tudo, aquela nova pergunta minha gerou outra olhada na agenda:

— Impossível — disse ela — a essa hora vou estar em um torneio de bridge organizado pelo Instituto de Cultura Angloamericana. E só posso fazer uma passagem por lá, porque às sete e quinze tenho que estar no curso de comida natalina e festiva, do outro lado da cidade, ufa.

Esse último suspiro veio acompanhado de um gesto muito teatral, que substituía uma de suas frases habituais nessas datas: "Não sei como vou fazer pra chegar a todos os lugares." Desta vez, ela não a disse. Terminou o croissant, apressou o café e saiu em direção ao banheiro, não sem antes perguntar à Vicenta se o seu *tailleur* de lã cinza-escuro estava passado. Coisas da minha mãe. Quando você a conhece bem, acaba não sendo tão lamentável, de verdade. Só um pouco peculiar.

Ainda me restavam muitas dúvidas. Por exemplo, onde fica Copenhague. Procurei na internet. Na verdade, procurei *Copenague*. Só depois da primeira tentativa, me dei conta de que o nome da cidade onde o meu pai estava naquele momento era muito mais estranho do que parecia no começo. *Copenhague*, corrigi. Havia um monte de sites dispostos a me informar sobre o lugar, mas nenhum me interessava muito: Copenhague, a jóia dinamarquesa. Conheça a Dinamarca em sete dias. A verdadeira história da Pequena Sereia de Copenhague. Fucei alguns deles: telhados manchados de musgo, muito mar, casas com formatos estranhos e uma sereia de metal sentada em cima de uma rocha, olhando o mar, como se estivesse esperando alguma coisa que acontecerá daqui a muitos anos. À primeira vista, esta era Copenhague. Me intrigava muito saber o que o meu pai tinha ido fazer lá. Perguntei a mamãe.

— Ai, não sei, filha. O que se come lá? Bacalhau e salmão. Com certeza tem alguma coisa a ver com bacalhau e salmão. Pergunte ao seu pai, quando ele chegar.

Sim, era isso que eu pretendia fazer. E também pensava em encontrá-lo antes do horário previsto. Pelo menos, antes do que ditava a eterna e odiosa agenda da mamãe.

A terceira tentativa de comprar um sutiã aconteceu, na companhia das minhas inseparáveis, naquela mesma tarde, imediatamente depois do almoço. Júlia e Anali tinham permissão para comer alguma coisa por ali, e se empenharam em visitar uma dessas lanchonetes horríveis que abundam no centro. Eu as odeio, mas isto é uma democracia e ganhou a maioria, por um esmagador dois contra um. E, como se fosse pouco suportar o cheiro horrível de frituras e azeite requentado, tive que agüentar as piadinhas das minhas amigas, o tempo inteiro:

— Toma cuidado, Lisa, não engorde muito, ao comer essa salada do chef, ou você não vai caber no ônibus.

Tudo isso elas dizem porque me conhecem e sabem que nunca, jamais serei gorda, ainda que tenha que ficar farta de comer cenouras, alcachofras e coisas do tipo, que elas detestam (eu penso que não é para tanto).

Chegamos à grande loja na hora em que todo mundo estava almoçando. Por isso, no começo, nos pareceu que o lugar estava mais tranqüilo e vazio do que no dia anterior. Nem mesmo o Papai Noel estava em seu lugar. Ao que parecia, a gente poderia vasculhar tudo à vontade.

Graças à experiência adquirida na nossa excursão anterior àquele lugar, não foi nada difícil chegar ao andar certo. E, uma vez ali, também não foi complicado encontrar o lugar exato onde vendiam roupa íntima pra meninas. Aí veio o melhor: a enorme certeza de ter acertado, ao descobrir que tudo, absolutamente tudo o que víamos, a gente adorava. Anali parecia que ia ficar louca:

— Meninas, olhem este top. Com a calcinha fazendo conjunto.

— E olha aquele sutiã verde-pistache! Eu adoro verde-pistache!

— Puxa, que linda esta calcinha, que faz jogo com a camiseta.

Júlia, em compensação, não dava muita bola aos sutiãs. Pelo contrário: fechava a cara, cada vez que Anali encontrava um sutiã bonito, como se nos estivesse recriminando com o olhar.

— Eu quero experimentar! — disse, de repente, nossa amiga chinesa. E acrescentou — Alguém me acompanha?

Se nos negássemos a acompanhá-la, visto seu entusiasmo, teria sido uma grande desfeita. Entretanto, Júlia não conseguiu engolir um comentário:

— A gente veio comprar um sutiã para Lisa, está lembrada?

Mas o entusiasmo da Anali é parecido com um desses incêndios imensos que se propagam no verão: nada nem ninguém é capaz de enfrentar sua força, quando eles avançam, imbatíveis.

— E qual o problema? — replicou ela. — Cada uma não pode comprar o seu? Vai, Júlia, se anima, experimenta um.

Tanto insistiu que acabamos as três, junto com uns quinze sutiãs, calcinhas, tops e camisetas, encerradas em um provador que não devia medir mais de um metro quadrado. Júlia, sem mudar nem um pouco sua expressão de enorme consternação, por tudo o que estava acontecendo naquela tarde, sentou-se em um canto e limitou-se a nos olhar, de cima a baixo. Anali, pelo contrário, não fazia mais que tumultuar, experimentando um modelo atrás do outro como se disso dependesse sua vida, e sem deixar de soltar expressões do tipo: "Este é fantástico!" ou "Olha que gracinha!" ou "Este! Este sim é uma graça!". E eu me perguntava o tempo inteiro se teria escolhido a companhia mais conveniente para minha primeira incursão na seção de *Roupa Íntima*.

De repente, começou o conflito: Anali tirou o enésimo sutiã e o deu a Júlia, dizendo:

— Vai, Júlia, experimenta, faz isso por mim, com certeza vai ficar bom em você.

E Júlia, que estava cada vez mais séria e mais vermelha, teve uma reação parecida à de explodir em pedaços pelos ares. Bufou, levantou-se, olhou para Anali com cara de querer devorá-la ali mesmo e soltou, muito brava:

— Não vou experimentar nada. Já disse mil vezes: tenho um seio maior que o outro e nenhum sutiã fica bem em mim. Fico feliz que você não tenha o mesmo problema, Anali. Compre todos. E boa tarde.

E depois dessa cerimoniosa, porém abrupta despedida, Júlia saiu do provador e se perdeu por algum lugar do andar jovem da grande loja. Eu saí de imediato à procura dela, mas não a encontrei. Imaginei que talvez não tivesse ficado naquele andar, e sim ido para a rua, para o seu bairro, para sua casa, sei lá, é difícil adivinhar as intenções de alguém tão bravo.

A única coisa em que reparei, além do fato de Júlia não estar em lugar nenhum, foi na presença do misterioso Papai Noel, desta vez escondido atrás de uma pilha de calças jeans desbotadas da marca Lava's. Assim que me viu, se escondeu, mas foi inútil. A barbona branca e o casaco vermelho não são fáceis de disfarçar, nem mesmo em um lugar tão cheio de gente como aquele. Ao voltar aos provadores, topei com a cara de maus amigos de uma das vendedoras (seria um requisito indispensável para conseguir emprego naquele lugar ter uma cara tão pouco amigável?, pensei), que, em um tom nada amistoso, me disse:

— Vocês vão demorar muito mais, meninas? Vocês já estão há quarenta e cinco minutos nesse provador.

Acho que ela exagerou, mas dava na mesma. Eu não quis polemizar. Por isso, me limitei a dizer que a gente sairia logo. Entrei naquele lugar reduzido, ordenei à Anali que se sentasse e me olhasse em silêncio, enquanto eu escolhia o meu sutiã, e tratei de me valer de toda a pressa do mundo para me decidir por um modelo que cumprisse todos os requisitos indispensáveis (eram cinco: que fosse bonito, cômodo, fácil de pôr, de uma cor não muito chamativa e não muito caro). Depois de algumas tentativas e algumas dúvidas (naturais, nessas ocasiões) consegui me decidir por um laranja-claro, com florezinhas amarelas. Reconheço que era um pouco brega, mas pela descrição parece muito mais brega do que pessoalmente. Saímos do provador com cara de termos nos comportado mal, enquanto a antipática atendente nos olhava como se fosse nos colocar de castigo. Já no caixa, enquanto eu pagava a minha aquisição, outra vendedora perguntou a Anali se ela não ia levar nada e aposto que vocês não adivinham o que respondeu a minha amiga de olhos puxados.Vocês nunca acertariam (nem eu mesma conseguia acreditar):

— Não — disse ela, com todas as letras — na verdade, não gostei o suficiente de nenhum.

Se eu não estivesse tão preocupada em saber para onde Júlia tinha ido, teria perguntado a razão para aquela repentina mudança de opinião. Procuramos pelo andar jovem durante meia hora e, quando finalmente nos demos por vencidas, demos uma olhada em todos os outros, até chegar à rua. Mais de uma vez nos pareceu que, misturado entre as pessoas, o Papai Noel estava nos espiando. Foi Anali quem se atreveu a fazer um comentário a respeito:

— Sinto um pouco de medo. O que será que aquele cara quer? — disse.

Não se referia ao Papai Noel em pessoa, claro, e sim ao rapaz ou senhor que estava dentro da fantasia, e que tinha se empenhado em nos espiar, enquanto fazíamos nossas compras, como se não fosse pago para fazer outra coisa.

No entanto, o que Papai Noel ou o seu duplo queria naquele momento me preocupava pouco. A única coisa que me importava de verdade, e também a Anali, porque seu sentimento de culpa agora estava evidente, era encontrar Júlia.

Não tivemos sorte. A nossa amiga tinha desaparecido. Também eu senti de repente um desejo de perder tudo aquilo de vista: as canções, as luzes coloridas piscando, os anúncios gigantescos, as dúzias e dúzias de pessoas subindo ao mesmo tempo pelas escadas rolantes, fazendo fila nos caixas ou carregando seus malditos presentes de Natal...

Foi bom para mim distanciar-me de tudo. Ainda que custe a acreditar, foi bom um pouco de solidão. Despedi-me da Anali na porta da grande loja e lhe disse a verdade: que ia ao aeroporto buscar meu pai. Por um momento temi que Anali quisesse me acompanhar, mas uma vez na vida ela foi prudente e compreensiva: disse que estava com vontade de caminhar de volta ao seu bairro e que, uma vez lá, tentaria encontrar Júlia e fazer as pazes com ela. Confiei que tudo daria certo: Júlia e Anali já são especialistas nisso de ficarem bravas, algumas das brigas entre elas fazem parte da nossa história como amigas, de modo que pensei que também nessa ocasião seriam capazes de resolver suas diferenças e tomei o ônibus que me levaria ao aeroporto, com muita vontade de deixar para trás todas as preocupações.

Vou fazer um esclarecimento. Não é que Anali estivesse me incomodando. Minhas amigas não me incomodam nunca. Apenas existem ocasiões e, sobretudo, existem pessoas muito especiais que conseguem fazer com que todos os demais ao seu redor fiquem sobrando. A única pessoa que eu conheço que tem essa característica é o meu pai. É um homem... não sei... é complicado definir sem que vocês pensem que eu sou uma menininha boba ligada demais ao pai. Nada disso. Meu pai é bonito, inteligente, atento, nunca me trata como se eu tivesse três anos ou fosse retardada mental, não me dá ordens, nunca deixa de ser razoável e encantador, intervém nas discussões entre minha mãe e eu, e quase sempre me dá razão... Enfim, é um pai que não parece um pai, e sim um amigo, um colega ou um desses tios ou primos mais velhos que algumas garotas têm, e que as ajudam quando elas estão com problemas. Vocês podem estar pensando que eu tenho essa opinião porque meu pai passa a maior parte da vida fora de casa. É verdade, pode ser que vocês tenham razão. Se o meu pai estivesse sempre em casa talvez não fosse tão encantador. Mas essa é outra de suas virtudes: sua faculdade de não estar perto nunca e, no entanto, conseguir que eu não o sinta distante jamais. De fato, se alguma vez tenho algum problema só tenho que ligar a cobrar e ele me escuta, esteja onde estiver e seja a hora que for. Não é bom? Para resumir, só vou dizer uma coisa a vocês: se meu pai fosse um torrone, alguma agência de publicidade provavelmente teria a idéia de fazer uma propaganda dizendo que é o mais gostoso do mundo. E teria razão.

De modo que subi no ônibus do aeroporto sentindo um enxame de abelhas zumbindo no meu estômago, como sempre acontece quando estou muito nervosa. Tentei lembrar quanto tempo fazia que eu não via meu pai. Fiz a conta e cheguei a... sete meses! Mais tinha falado com ele há menos de três semanas, quando pensei que minha menstruação havia chegado, mas logo tudo acabou sendo alarme falso. A verdade é que ele me tranqüilizou bastante. Isso porque estava em Buenos Aires e a minha ligação o havia pegado de surpresa em plena noite. Não disse que era um cara encantador?

O caminho parecia interminável e além disso eu nunca tinha tomado aquele ônibus e nem tinha decidido, por minha conta e risco, ir ao aeroporto. De fato, era mais que provável que o meu pai ficasse bravo quando soubesse o que eu estava fazendo. Mesmo assim, valia a pena. Quando estávamos chegando, perguntei ao motorista onde pousavam os aviões de Copenhague. Ele me olhou como se eu tivesse acabado de perguntar sobre os aviões do inferno. Só disse:

— Onde fica isso?

— Na Dinamarca — respondi.

— Ah — fez cara de problema resolvido —, então você tem que ir ao terminal em que chegam os aviões vindos do estrangeiro. É o primeiro.

Aceitei a indicação. Durante uma hora e meia fiquei sentada em um banco metálico, na metade de um enorme retângulo de ferro e vidro em que, de vez em quando, soava no megafone uma voz igualmente metálica, que anunciava cada vôo ou lembrava que era preciso ter cuidado com a bagagem porque esta poderia ser roubada. Enquanto isso, muita gente chegava, se abraçava, se beijava com paixão ou dava apertos de mão com seriedade diplomática. Todos estavam muito contentes, todos pareciam muito interessantes, com seus abrigos e suas malas, mas nenhum deles era o meu pai.

O avião de Copenhague chegou (nos disseram que por causa do mau tempo) com mais de duas horas de atraso. Durante esse período, minha mãe tinha feito uma de suas habituais chamadas de controle.

— Onde você está, filha? — era sempre sua primeira pergunta.

Não disse a verdade. Eu levaria uma bela bronca e preferia adiá-la por algumas horas, até que ela soubesse de tudo (inclusive da mentira). Há vezes em que é necessário correr certos riscos. Felizmente, ocorreu-me rápido alguma coisa para dizer:

— No colégio.

(Já sei que não me esforcei muito, mas o que vocês queriam, com tanta pressa?)

Minha mãe, como era de se esperar, achou estranho:

— No colégio? Fazendo o quê?

— Combinei de encontrar aqui com uma colega que me vai emprestar um livro.

— Um livro? — dessa resposta ela gostou, como todas as mães que eu conheço quando se menciona alguma coisa que soe educativa. — Que livro?

— Um que conta a história de três amigas que vão comprar um sutiã.

Ela riu. O riso da minha mãe é contagioso, não sei por quê. Eu também ri. Que besteira.

— Esse argumento me é familiar — disse ela. — Você não o terá inventado?

Mas ela não obteve resposta.

— Elisa? Está me escutando? Caiu o sinal?

Não tinha caído o sinal e eu a estava escutando. O problema era outro e muito diferente.

— Lisaaaaa. Você está me escutando? Por favor, diga alguma coisa senão eu vou me assustar.

Consegui reagir, mais uma vez.

— Estou escutando, mãe. É que eu estava bebendo.

— Ai, filha, que sustos você me dá. Bom, está tudo bem?

— Tudo bem, mãe.

— Depois você me conta tudo, sim? Agora a mulher do prefeito está me chamando.

— Está bem, mãe. Não se preocupe.

Foi bom ela não ter pedido mais explicações, porque eu não teria conseguido dá-las. Acabava de assistir a uma cena incompreensível. Um homem da idade do meu pai, aproximadamente, mas muito menos bonito, vestido com roupa esportiva e boné, abraçava com grande efusão alguém que me parecia muito familiar. Ele falava um idioma estranho (romeno, adivinhei logo), e ambos soltavam grandes risadas, como se estivessem muito felizes de se encontrar. Lembraram-me minha mãe e meu pai, que continuava sem aparecer. Só que eu não tinha a menor idéia de quem poderia ser aquele senhor e aquela menina era, nem mais, nem menos, Lílian, a Lílian dos nossos problemas e dos nossos pesadelos.

Agora mesmo vocês devem estar se perguntando quem era Lílian e que diabos ela tinha a ver comigo. Essa história requer um capítulo à parte, que logo virá.

Por enquanto, basta que vocês saibam que Lílian é sobrinha do Salvador. Que Salvador, de origem romena, se casou com Teresa, avó da Júlia, e que, no momento em que começou esta história, eles só estavam havia alguns meses morando no mesmo bairro que as minhas duas melhores amigas. Em sua maravilhosa casa nova, eles arrumaram um quarto que a princípio nos pareceu carregado de mistérios, para uma menina com um nome estranho que devia vir da Romênia para passar um tempo em nosso país. No começo, aquela idéia nos agradou, talvez porque soasse como uma visita de férias, mas foi só conhecer Lílian para perceber que as coisas não iam ser tão perfeitas quanto Teresa e Salvador pretendiam. Infelizmente, não estávamos erradas. Lílian era muito diferente de nós, e não estou me referindo precisamente ao fato de que era romena. A gente logo compreendeu que ela jamais chegaria a ser uma das inseparáveis. E que, ao contrário, a presença dela em nosso mundo iria nos ocasionar mais de um problema.

Também não estávamos erradas nesse ponto, embora Lílian escondesse um segredo que, como todos os segredos, acabou se revelando. Tal mistério também faz parte desta história, mas este ainda não é o melhor momento de falar dele. Tudo vai ser contado. Por enquanto, eu estava no aeroporto, esperando o meu pai que vinha de Copenhague.

*

De repente a voz metálica anunciou: "O vôo 2350, procedente de Copenhague, acaba de pousar". As telas o anunciavam em letras luminosas e piscantes. Pousou, pousou, pousou. Meu pai não demoraria a fazer sua entrada triunfal pela porta dupla de vidro opaco. Eu me situei perto de onde estava a polícia da alfândega. Dali podia ver bem os que vinham chegando ao terminal. Era fácil reconhecer os que chegavam de Copenhague porque seus rostos denotavam o maior cansaço e o maior tédio do mundo civilizado.

Um desses rostos era o do meu pai. Com olheiras, um pouco despenteado e com o nó da gravata meio desfeito (uma coisa inédita nele), bastou que eu o visse para me dar conta de qual era o meu papel ali. Quando ele se aproximou do lugar onde eu o estava esperando, estava tão concentrado olhando a telinha de seu celular que quase passou por cima de mim, ou passou direto, o que teria sido ainda pior. Eu tive que tropeçar com ele de propósito para que ele levantasse os olhos do telefone e me visse. Sua cara de surpresa foi monumental.

— Eli! — exclamou.

Atirei-me no pescoço dele. Abracei-o com a força do polvo, da jibóia e do urso juntos. Ele correspondeu, beijando-me várias vezes na testa, remexendo no meu cabelo, levantando-me do chão. E logo separou-se um pouco para me ver bem.

— Santo Deus, Eli, pára de crescer de uma vez ou você vai me alcançar.

— Ah — dei de ombros — isso não é problema meu, velho.

Ele não suporta que o chamem de velho. Por isso mesmo eu o chamo.

— Desta vez eu não trouxe um Bart Simpson para você — disse ele, com cara de mau.

Isso foi golpe baixo, como bem sabem os que me conhecem. De qualquer maneira, não permiti que ele saísse vitorioso daquele primeiro assalto.

— Claro, pai, eu já não preciso mais dele. Da próxima vez que você for embora, traga um namorado para mim. E que seja mais bonito que Bart Simpson, por favor.

— Com certeza, filha. Tinha esquecido que você já usa sutiã.

Tive vontade de mostrar a ele o que eu acabava de comprar, mas pensei que não seria muito apropriado. Se existe alguma coisa que diferencia as meninas mais velhas das menininhas é não sair mostrando ao pai a roupa íntima sexy que acabaram de comprar. Tinha chegado o momento, então, de eu começar a me comportar como uma menina mais velha.

— Vamos jantar em algum lugar diferente? — perguntei.

— Claro, Eli, me falaram de um japonês que você vai adorar. Vamos amanhã à noite, se a sua mãe deixar. Ela vai estar ocupadíssima, como sempre nestas épocas, não é verdade?

Sorri. Um japonês. Gostava da idéia. Essa ia ser a ocasião ideal para estrear meu brilhante sutiã novo.

Da parte da bronca (paterna e materna) eu vou poupar vocês: existem coisas tão familiares e comuns que não precisamos insistir.

Comer com pauzinhos não
é bom para a conversa

Chegou o momento de falar sobre Lílian, a sobrinha do Salvador. Sua chegada foi uma surpresa, não saberia dizer se boa ou ruim. Depois de alguns mistérios, algum mal-entendido e alguma confusão por parte da Júlia, que chegou a pensar que sua avó estava grávida (sendo que ela tem 76 anos de idade!), descobrimos quem era aquela menina misteriosa sobre a qual ninguém nos contava nada. Teresa nos apresentou a ela durante a minha festa de aniversário, no final do verão. Foi uma linda festa. Muitas pessoas se esforçaram para que fosse assim, e a gente sabe... quando muitos que gostam de você se empenham em deixar você feliz, o mais provável é que consigam.

— Esta é Lílian, que vai passar uma temporada por

aqui — disse Teresa, referindo-se à menina mirradinha, de pele morena e olhos verdes que nos olhava da porta, quase sem se atrever a cumprimentar.

Uma coisa que eu consegui aprender, ao longo dos meus muito ocupados 13 anos de vida, é que as pessoas que parecem as mais inofensivas na verdade acabam se transformando naquelas que menos o são.

Lílian parecia pouca coisa. Dava a impressão de estar perpetuamente assustada. Seus olhos iam de um lado para o outro, sem parar em lugar nenhum, e sua boca desenhava um sorriso tão enigmático quanto o da Mona Lisa. Quero dizer, uma dessas expressões que tanto podem ser um sorriso como a cara mais séria que vocês possam imaginar, incluindo sentimentos de raiva, a tristeza e até vontade de chorar. Suas primeiras palavras, além do mais, não foram nada do outro mundo:

— Boa tarde — disse, com um fiozinho de voz quase inaudível.

Felizmente Teresa estava ali para suavizar todas as asperezas que pudessem surgir. Ela logo pediu a Júlia que oferecesse a Lílian um pedaço de pastel, e as demais a ajudamos, servindo à recém-chegada petiscos e batata frita. Em menos de um segundo, Lílian estava com as bochechas cheias, enquanto nós a observávamos com dissimulação, tentando entender qual seria seu papel em nossas vidas. Porque estava bastante claro que Lílian iria desempenhar algum papel. E dos grandes.'

Vou fazer uma interrupção no caminho da história da Lílian para contar o meu jantar japonês. O que mais me agrada em ir jantar com o meu pai é que ele me trata como se eu fosse adulta. A única coisa que o aborrece é que eu não esteja pronta, pontualmente, na hora que ele define, de modo que eu procuro começar a me arrumar um tempo antes (ainda que ele diga que não entende a minha maneira de me arrumar), para não fazer-lhe esperar. Quase sempre vamos de táxi. Papai sempre diz que quer vender o carro, que, pelo pouco uso que ele faz, seria melhor investir os quatro centavos que lhe dariam em alguma coisa mais proveitosa. Acho que ele tem razão. Seu carro, enorme e prateado, quase nunca sai da garagem. Mamãe não dirige, meu irmão tem seu próprio carro e, além do mais, quase nunca vai a nossa casa (na verdade, só quando arrebenta um zíper ou um botão se suicida e precisa dos serviços da Vicenta), não acho que seja sensato esperar que eu faça 18 anos para que o carro se mexa um pouco e, no que diz respeito ao meu pai, quando está na cidade só quer andar de táxi — para não ter que estacionar, ele explica — ou motoristas de uniforme vêm pegá-lo em grandes carros pretos e o levam aonde tem que ir. Enfim, minúcias dessas que servem para gente se entediar no final dos almoços familiares.

Mas eu estava contando a vocês sobre sair para jantar com o meu pai. O papai conhece um monte de restaurantes, quase todos longe de casa. O japonês em questão se chamava *Kawabata* e ficava na parte alta da cidade, em cima de um morro, o que fazia com que as ruas de luzinhas trepidantes ficassem aos nossos pés. Sempre que a gente vai a um lugar especial, o papai se comporta à altura das circunstâncias. Por exemplo, caminha alguns passos atrás de mim, abre as portas e me deixa passar, do mesmo jeito que faz com a mamãe nas poucas vezes em que saem juntos. Eu gosto de imaginar como eram os meus pais há uns vinte anos (talvez 25, ou mais, não sei), quando eram namorados e ele se comportava com ela do mesmo jeito que se comporta comigo quando me leva para jantar fora. Também gosto de imaginar que algum dia vou conhecer um menino que se comportará comigo como o meu pai, mas isso já é quase um filme futurista.

Em quase todos os lugares aonde vamos, conhecem o meu pai. O japonês daquela noite não era uma exceção.

— Reservei uma mesa para dois no nome de...

— Pode entrar, senhor Blanco. O senhor não precisa fazer reserva.

Meu pai exibe então um de seus sorrisos encantadores e se deixa conduzir até a mesa indicada. Sempre separam para ele, seja o dia que for, uma boa mesa em um lugar separado do burburinho do restaurante, às vezes ao lado de alguma janela. E quase sempre aparece o cozinheiro para agradecer-lhe a visita e assegurar que se vai esmerar para agradar do jeito que for necessário. Uma coisa de que gosto em meu pai é a naturalidade com que ele atende a esses bajuladores. Trata todos como se fossem amigos seus, diz que não precisavam se incomodar, que com certeza tudo estará excelente e que, se não vem mais vezes ao restaurante, é porque passa a maior parte do tempo em outras cidades. Imagino que diga a mesma coisa nos restaurantes de qualquer cidade do mundo e adoro isso.

— Um dia vou te levar para jantar em Nova York — disse ele naquela noite, assim que se retirou o cozinheiro japonês.

— Sério? — acho que, com o grito de entusiasmo, me separei vários centímetros da cadeira.

— Quando a gente tiver alguma coisa importante para comemorar — acrescentou.

— Tipo o quê?

— Não sei. Isso vamos ver com o tempo. Mas não se preocupe, tenho certeza de que não vão faltar motivos.

Uma mulher elegantemente vestida com um

quimono, que caminhava a passinhos curtos, nos entregou os cardápios. A primeira coisa que pensei foi: "Será que estão escritos em japonês?". A resposta era sim. Estavam em japonês, mas com a tradução logo embaixo, suponho que para evitar o trabalho de ter que traduzir o cardápio para todos e cada um dos clientes que fossem ao restaurante.

Todos os pratos tinham nomes estranhíssimos e as explicações não convenciam nem um pouco. *Fugi fu yong*. Chapéus de champignon recheados com camarões. *Dashimaki Tamago*. Rolo de omelete com sagüi. *Kakitanajini*. Sopa de soja com ovo batido e *wasabi*. Depois de ler o cardápio de cabo a rabo, eu não tinha a menor idéia do que ia jantar naquela noite.

— Você gostou de alguma coisa em especial? — perguntou papai.

— Estou em dúvida — respondi, tentando disfarçar.

— Bonita e breve maneira de dizer que tudo te soa chinês — brincou ele, antes de resolver. — Bom, acho que é melhor que eu escolha. Deixa que eu te aconselho, está bem?

Eu não tinha nada a objetar. Ele levantou uma das mãos, muito seguro de si, pra chamar a japonesa de quimono e, assim que ela se aproximou, com a mesma segurança encarregou o jantar:

— Um prato de *sashimi* variado, outro de *sushi* variado, uma porção mista de *tempura* e outra de *wan-tun* frito.

— Perfeitamente, senhor Blanco. Algo mais?

— Por enquanto, não. Talvez mais tarde, se minha filha ainda estiver com fome.

A mulher me dedicou um sorriso um pouco acanhado, como se quisesse ser amável com um dos seus melhores clientes, mas estivesse sem vontade de sorrir. Logo foi embora, levando os cardápios, ao mesmo tempo em que meu pai se deixava recostar na cadeira, relaxado.

— E então? Que novidades sacudiram a família nestes últimos sete meses? Como andam Artur e suas namoradas? Liguei para ele algumas vezes nestes últimos dias, mas ele nunca está em casa.

Soltei um suspiro. A verdade é que me dava uma preguiça enorme falar sobre Artur. Meu pai entendeu:

— Tá, não precisa dizer mais nada: anda o mesmo encrenqueiro de sempre.

Explicação para desinformadas: Artur é o meu irmão, nove anos mais velho que eu, recém emancipado, de profissão um-pouco-de-tudo (embora ele diga que é técnico em informática, que piada) e com vocação para mulherengo. O apartamento onde ele se instalou, e que comprou graças a um subsídio bastante generoso dos meus pais, fica bem em cima do apartamento da Anali e dois andares acima do da Júlia, de modo que é correto dizer que foi graças ao perdido do Artur que conheci as minhas duas melhores amigas. Fico feliz por ele: já é possível dizer que ele fez alguma coisa boa na vida. De resto, Artur é um desmiolado. Nos últimos tempos bateu seu próprio recorde: em vez de ter uma namorada nova a cada trimestre passou a ter uma a cada vinte dias, mais ou menos. Em resumo, um caso sem cura. Pior para minha amiga Júlia, que se apaixonou perdidamente por ele desde a primeira vez em que o viu. Realmente, há pessoas que têm gostos incompreensíveis.

— E você? — continuou o papai. — Ainda não tem namorado?

Eu já estava há um tempo pensando que seria muito bom contar ao papai a história do Pablo, mas ainda não me decidira a fazê-lo. Não é fácil falar com o próprio pai sobre determinados assuntos. Nem mesmo quando o seu pai é um cara como o meu, tão... tão... tão pouco parecido com os pais das outras meninas. Eu o olhava, enquanto uma voz interior me sussurrava, cada vez com mais força: "Conta, Eli, conta."

Justo nesse instante apareceu a mulher de quimono e sorriso triste com alguns dos nossos pratos. Colocou-os na mesa com tanta suavidade que me pareceu que tinham descido planando do céu. Eu os observei com uma curiosidade crescente. Eram muito estranhos.

— E então, Eli? O que você acha? Quero a sua primeira impressão — disse papai.

— Que hoje a gente não vai engordar nem um pouco.

Ele achou engraçado o meu comentário (isso porque não sabe que eu estou sempre pensando nas calorias que vou ingerir, coisa que não consigo evitar. Nunca serei gorda, aconteça o que acontecer). Disse:

— Ai, vocês, mulheres, sempre pensando nas mesmas coisas. Vai, senhorita, come e aproveita.

Um detalhe não passou despercebido: meu pai tinha dito "vocês, mulheres". Logo, meu pai tinha me chamado de "mulher". Havia chegado o momento de conversar com ele sobre coisas sérias, então. Apoiei os dois antebraços na mesa e disse:

— Estou apaixonada, papai.

Ao que ele respondeu uma coisa que eu não esperava:

— Não apóie os cotovelos na mesa, querida.

Suponho que tenha notado a minha expressão de brava. Agora que eu tinha decidido falar, ele vinha com essa! Meu pai é muito observador. Não é preciso dizer as coisas para ele, ao contrário do que acontece com mamãe, que sempre precisa de explicações.

— Se eu vejo que sua conduta é inapropriada, tenho que dizer, Eli. Para quando você vier com o rapaz que tiver a sorte de te convidar.

Papai tem uma habilidade especial para ajeitar

as coisas, se é que alguma vez ele as estraga. E juro que não estou exagerando nos elogios.

— Vão querer pauzinhos? — perguntou a mulher de quimono, enquanto fazia aterrissar sobre a mesa outros dois pratos estranhíssimos.

— Claro que sim — disse meu pai.

A mulher nos entregou dois envelopes compridos de papel que continham os pauzinhos de madeira.

— E pode levar os talheres, por favor, assim não teremos tentações.

A japonesa retirou os garfos e as facas. Pensei que o passo seguinte fosse pedir que ela levasse as cadeiras para comermos ajoelhados no chão, como fazem nos filmes chineses, digo, japoneses.

— Você vai ver como vai gostar — disse meu pai, preparando-se para sua aula intitulada "aprendendo a comer com pauzinhos". — Primeiro você segura um entre o dedo indicador e o polegar, apoiando nesta parte da mão, assim — fez isso. Eu tentei — e conduzindo com o polegar. Muito bem. Agora você segura o outro, que deve ficar mais solto, e o maneja com os dedos. Assim.

Ele demonstrava muita destreza naquelas manobras. Eu, em compensação, me sentia uma desengonçada. "Como eu vou comer pouco!", pensei, não sei se com tristeza ou alegria.

— No começo parece difícil, mas logo a pessoa pega jeito. Você vai ver.

Concentrei-me em fazer o melhor que podia. Em mais de uma ocasião, senti-me tentada a perseguir a mulher de quimono para suplicar-lhe que, por favor, me trouxesse um garfo ou uma colher.

E também havia a comida. Que quantidade de novas experiências em uma mesma noite! O *sushi* é um pedacinho de peixe com arroz, com o tamanho e a forma de um botão grande, envolvido por uma coisa verde-escura.

— É uma alga. Se chama *nori* — disse papai, continuando com sua tarefa de educador.

Era preciso ajeitá-lo com os pauzinhos com um cuidado enorme, parar na metade do trajeto para colocá-lo em um pratinho que continha um molho escuro de soja e logo levá-lo à boca, sempre com o terror de perdê-lo pelo caminho e passar pelo maior ridículo da minha vida. O *sashimi* parecia mais simples, mas também não era. Consistia em pedacinhos de peixe cru (sim, sim, cru, e é ótimo!) e muito fresco, que escorregavam muito, mas que, uma vez bem segurados, escapavam menos do que o *sushi*. Havia também o *tempura*, que eram verduras empanadas em uma massa crocante e amontoadas em forma de pirâmide em cima de um prato quadrado. A graça estava em pegar uma (se conseguisse com os pauzinhos) sem deixar todas as outras caírem. De modo que comê-las acabou sendo aquele jogo (também oriental, não sei de onde) em que se deve pegar uma vareta sem que as outras se mexam. E, por último, o *wan-tan*. Quando fui pegá-lo com os pauzinhos, sem poder evitar colocar a língua para fora por causa do esforço, meu pai me deu uma notícia fantástica:

— Não, não, Eli, para comer o *wan-tan* você pode usar as mãos.

Urra! Que felicidade! Acho que gostei muito mais dele do que do refinado *sushi*, do delicado *sashimi* ou do bem elaborado *tempura*. Deve ser porque eu sou uma menina fácil de agradar.

Quando chegamos à sobremesa, eu estava esgotada com todo o esforço.

— O que você achou da comida japonesa? — quis saber papai.

— Agora entendo por que os japoneses são todos tão magrinhos.

Foi durante a sobremesa, enquanto meu pai tomava uma garrafinha de um licor chamado *sake* e eu devorava (com colher, enfim!) uma bola de sorvete de manga, que ele voltou a demonstrar algum interesse pela minha revelação de antes do primeiro prato:

— E que história é aquela de você estar apaixonada, querida?

Mas eu não tinha vontade de falar no assunto. Encarnei a durona e o castiguei por ter me mantido, o jantar inteiro, calada e concentrada naqueles malditos pauzinhos (não digam que ele não merecia).

— É uma história longa, pai. Melhor deixar para contá-la em uma outra ocasião, em que você possa estar mais atento a mim — disse.

Ele esbugalhou os olhos. Não podia acreditar no que estava ouvindo. Até chegou a insistir:

— Vamos, Eli, não vai me contar?

— Hoje não — sorri, fingindo uma tremenda preguiça e uma indiferença maior ainda. — Acho que essa informação vai te custar outro jantar.

— Puxa vida... Nunca vou entender as mulheres.

Ele tinha dito outra vez. Fiquei com vontade de me levantar e beijar sonoramente a bochecha do meu pai, por ter me chamado de mulher de novo, mas me reprimi (o que me custou um pouco). Continuei me fazendo de difícil, arqueei as costas (é o que a Roxi faz quando não está interessada em algum gato) e me concentrei no meu sorvete, enquanto ele me observava assombrado.

Vale observar: usar sutiã acabou sendo muito mais incômodo do que eu tinha imaginado. Mas fez com que eu me sentisse muito mais adulta.

Por falar em Roxi, na primeira hora do dia seguinte eu coloquei um anúncio na cortiça da padaria: *Doam-se lindos gatinhos alaranjados*. Pus o número do meu celular e acrescentei: *Falar com Lisa*.

Mamãe, claro, não achou aquela manobra suficiente.

— Ninguém presta atenção à cortiça da padaria. E menos ainda se está procurando um gato.

Bom, uma vez na vida pensei que talvez ela tivesse um pouquinho de razão. Por isso aceitei ir à consulta com o veterinário e lhe pedi que me deixasse pendurar em sua porta um anúncio idêntico ao que deixei na padaria. Ele não viu nenhum inconveniente e ainda recomendou que eu o pendurasse na parte interior do vidro, de maneira que fosse possível vê-lo da entrada do consultório. No entanto, aquilo também não deixou a mamãe satisfeita:

— Não é suficiente, Lisa. Esses bichos vão crescendo e não é fácil encontrar sete incautos que queiram complicar as suas vidas com um gato. Você vai ter que se esforçar mais.

Só me ocorria um jeito de me esforçar mais: encontrar todos os meus amigos e conhecidos para ver se interessava a algum deles um dos meus preciosos gatos com nome de dia da semana. Prometi à mamãe que começaria em breve, já que as festas de Natal vinham carregadas de compromissos familiares a que eu tinha que comparecer e blablablá.

Acertei na mosca. Toda essa história de festas, de compromissos, da necessidade de sair para comprar presentes et cetera chegou ao coração consumista da minha mãe, que me deu, pelo menos,

48 horas de margem antes de voltar a ficar chata com o problema dos gatinhos.

E eu, por minha parte, tinha garantido uma dor de cabeça a menos para o dia de Natal, que já ia chegar carregado de comilanças familiares, digestões pesadas e vizinhas que aparecem para tomar o café-da-manhã e ficam até a hora do jantar. A mesma coisa de todos os anos. Um horror!

Voltando à Lílian (porque eu estava falando da Lílian, estão lembradas?), acho que deveria contar alguma coisa sobre como foi sua chegada aqui. Ela nasceu em um lugar chamado Craiova, uma cidade industrial da Romênia, mas conhecia muito bem o nosso país, já que sua mãe era de um povoado da província de Teruel chamado Mora de Rubielos, Rubielos de Mora ou algo parecido. Era por isso que Lílian falava tanto espanhol quanto romeno e não tinha problemas para se comunicar em nosso idioma, como suas compatriotas que de repente chegam a um país estrangeiro sem entender nada do que lhes dizem nem poder fazer nada para serem entendidas.

A primeira surpresa foi saber que Lílian não vinha de férias e sim para ficar por um tempo.

— Ela vai freqüentar o seu colégio, filha — disse Teresa a Júlia, sua neta, no mesmo instante em que nos apresentou à recém-chegada. — Pensamos que assim seria mais fácil para vocês se tornarem amigas. Achamos que vocês vão se dar muito bem.

Por que os adultos têm essa estranha facilidade de se enganar? Foi o que nós nos perguntamos durante muito tempo.

O caso é que, desde aquele dia do final de setembro, fomos incumbidas de ser os anjos da guarda da Lílian.

— Façam com que ela se sinta bem — foi a missão que Teresa nos passou.

No entanto, não era fácil satisfazer àquele pedido. Lílian não era nada comunicativa, não parecia gostar nadinha de nenhum dos nossos planos, tinha sempre cara de tédio e mais de uma vez nos colocou a par do que pensava sobre nós e o jeito como nos divertimos.

— Vocês são muito infantis. Eu gosto de outras coisas — soltou um dia.

Não passou muito tempo antes que a gente decidisse não cuidar mais dela, não ser anjos da guarda, não se preocupar com nada que a afetasse. Esquecê-la. E ponto. Aquilo trouxe conseqüências, sobretudo para Júlia.

As aulas começaram no outono, como todos os anos, e eu tive que aceitar com resignação deixar de ver com freqüência as minhas inseparáveis, pelo menos durante um tempo. Eu moro longe demais das duas para que a gente possa se ver muito durante o inverno, embora a gente se veja quase todo fim de semana. Assim, pouco a pouco fomos sabendo, da boca da Júlia, que Lílian não só era caxias e bajuladora, a típica puxa-saco que sempre tenta conquistar o professor, sempre quer sentar-se na primeira fila, nunca deixa de prestar atenção à aula, sempre sabe tudo e mesmo assim fica estudando durante o recreio, como também, como se isso tudo não bastasse, ia se revelando a pessoa mais convencida do colégio (ou do mundo). E os meninos da classe, que sempre têm uma especial predileção pelas meninas estúpidas e distantes, começaram todos a ficar a fim dela, como se uma epidemia terrível tivesse amolecido o cérebro de todos de uma vez.

Lílian, obviamente, não dava bola para nenhum. Estava o tempo todo meio ausente, como se nada do que acontecia ao seu redor pudesse afetá-la, e assim que tocava o sinal indicando o fim das aulas do dia, desaparecia com toda a pressa, como uma Cinderela moderna e mal-humorada.

Para Júlia, aquela escapada representava um alívio, mas logo ela tinha que enfrentar a avó, que lhe fazia perguntas incômodas:

— Por que vocês não voltam juntas para casa? Vocês moram uma do lado da outra...

Ou então:

— Vocês não poderiam sair juntas no fim de semana, ir ao cinema, às compras? Por que você não se esforça um pouco para ganhar a confiança dela?

Júlia ainda demoraria um pouco para dizer à avó que era impossível se relacionar com alguém que a odiava sem disfarçar nem um pouco e que, além do mais, se afastava de tudo e de todos que não tivessem relação com ela mesma. E, o que é pior: sua avó demoraria mais ainda para dar razão à neta. Lílian era hábil para pintar as coisas com as cores que melhor lhe convinham.

— Aquela menina esconde alguma coisa que nenhuma de nós consegue imaginar — costumava dizer Júlia. — Dá para ver de longe.

Por isso corri para contar a Júlia aquele encontrão que eu havia tido com Lílian no aeroporto. Mas nem sei se posso chamá-lo assim, porque ela sequer me viu.

Foi suficiente, no entanto, para fazer algumas investigações.

— Minha avó disse que ontem Lílian passou a tarde inteira na biblioteca — me informou Júlia no dia seguinte.

— Na biblioteca? Que coisa... Ela não parecia estar lendo muito. E quem será o homem do boné?

— Todos acham que ela não conhece ninguém por aqui. Eles a tratam como se ela estivesse sozinha no mundo.

— Pois não parecia muito, na tarde de ontem.

— Como você disse que era o homem?

Voltei a descrever o homem de boné e roupa esportiva, tentando apontar todos os detalhes que eu tinha guardado na memória. Ela me escutava em silêncio e só murmurava de vez em quando:

— Puxa vida.

Imaginei Júlia sorrindo do outro lado da linha telefônica. De alguma maneira (embora eu saiba que isso não é certo) eu também me alegrava em saber que minha amiga tinha razão: Lílian escondia algum segredo. Devia ser muito importante ou muito grande para que ela se sentisse obrigada a mentir.

A colônia Caramba não tem cheiro de lavanda

Todas as comilanças de Natal são iguais: muita gente comendo muito durante muito tempo e que fala (sempre que não está com a boca cheia) sobre coisas pouco interessantes. Uma chatice. Na minha casa, o almoço do dia de Natal nos oferece a oportunidade de ver algumas coisas que não acontecem em nenhum outro dia do ano. Por exemplo, meu pai sentado à mesa sem que seu telefone toque durante toda a refeição, sem terno nem gravata e sem qualquer pressa. Ou minha mãe cozinhando e servindo a mesa, sem a presença da única e incomparável Vicenta, que no Natal vai comer na casa de uma irmã dela que mora em um povoado próximo. A última raridade do dia é Artur, meu irmão, que nessa ocasião se arruma, faz a barba e até se esforça para ser mais simpático que de costume (e imagino que isso lhe dê algum trabalho). Em resumo: fazemos tudo o que é necessário para um encontro de família digno de uma propaganda de torrone.

Falando de propagandas, durante a hora da sobremesa do almoço de Natal ocorreu uma coisa inesperada. A televisão estava ligada, embora alguém tivesse abaixado o volume do aparelho. Na hora do café, como todos os anos, chegaram várias visitas: amigas da mamãe, alguma vizinha viúva com muitos netos (que sempre traz fotografias de todos), minha tia Catarina e sua voz estridente. Todos se amontoaram em volta da mesa e se dedicaram com afinco, como todo ano, a comer torrone e biju e a rir das coisas que acontecem com meu pai, que no Natal se diverte falando pelos cotovelos, como se estivesse dando uma conferência aos familiares ali reunidos. Estávamos nisso quando alguma das amigas da mamãe soltou uma exclamação de júbilo:

— Olha, mas não é a sua filha?

Estava olhando em direção à televisão, onde, precisamente nesse instante, no intervalo comercial do filme bobo da vez, eu podia ser vista: uns dez centímetros mais baixinha e com uma cara de tonta impossível de definir, segurando um vidro de colônia Caramba. A televisão estava sem som. Se estivesse com o volume alto, teriam me ouvido dizer o que nessa hora, podiam ler em meus lábios: "A colônia Caramba tem mais cheiro de lavanda." Só que a voz não seria a minha e sim a de uma mulher de mais de cinqüenta anos especializada em dublagem de meninas, mas enfim. Conto tudo isso para deixar claro que eu conhecia perfeitamente bem a propaganda em questão. Ela foi filmada no mesmo dia em que eu tinha um exame de língua no colégio e, do outro lado da câmera, justo em frente ao lugar onde eu segurava o vidro, estava mamãe, mais orgulhosa do que nunca da sua filha que anunciava colônias. O que eu não conseguia entender, por mais que me esforçasse, era por que estavam voltando a transmitir a propaganda.

— Puxa, é verdade, é a sua filha — observou uma das senhoras ali reunidas.

E em seguida uma outra exclamou:

— Ai, que linda. Não sabia que você fazia propagandas, Elisa.

— Não faço propagandas — disse eu — e me chamo Eli ou Lisa. Não gosto de Elisa.

A minha mãe me destinou um olhar furioso e a vizinha soltou uma risada de coelho. Algo mais ou menos assim:

— Hihihi.

Em seguida, minha mãe começou a dar explicações que nenhum dos presentes tinha solicitado:

— Lisa começou a fazer propagandas quando era muito pequena, mas parou no ano passado.

Depois dessa breve explicação materna sempre vem a mesma pergunta:

— Ah! Por que você parou?

As pessoas não entendem que exista alguém que não quer aparecer na televisão ou ser famoso. Como se anunciar a colônia Caramba ou o absorvente Antoniax ou a batata frita congelada Pindus pudesse fazer alguém feliz automaticamente.

— Ah, seria demorado explicar... — respondi.

— Não importa, querida, temos todo o tempo do mundo, não é? — disse mamãe, em um dos seus tons que fingem ser de muito carinho e, na verdade, significam "se-você-não-responder-agora-mesmo-à-pergunta-que-te-fizeram-eu-te-mordo".

Então contei à nossa encantadora vizinha, que engolia pedaços de torrone como se não tivesse comido nada nas últimas quatro semanas, que comecei a fazer propagandas quando era muito pequena, desde que minha mãe me levou a um teste para seleção de bebês e gostaram de mim, só porque eu era loirinha e tinha os olhos azuis. Que desde então caí nas graças daquela produtora e de muitas outras, que tivemos de buscar uma representante odiosa que se dedicou a me explorar durante toda a minha infância e que só no ano passado bati o pé e me decidi, acontecesse o que acontecesse, a não fazer mais propagandas, pelo simples e banal fato de que aquilo de publicidade não era pra mim, que odeio as câmeras e os estúdios mais que tudo nesse mundo e que, ainda por cima, não posso suportar que as pessoas me reconheçam em qualquer lugar, seja em um mercado ou em uma biblioteca; nem gosto de dar autógrafos ou de ter que falar sobre como é interessante aparecer na TV para qualquer idiota que me pergunte.

A minha mãe voltou a intervir, outra vez com o tom que eu descrevi, para acrescentar:

— Agora Lisa se dedica à cerâmica.

— Cerâmica? — perguntou com estranhamento a vizinha, que tinha parado de mastigar durante meio segundo.

— Sim, quero ser ceramista — disse eu, só porque mamãe estava me olhando à espera de uma resposta.

Felizmente meu pai saiu em minha defesa, como tantas outras vezes, e terminou com aquela conversa tão chata.

— Como você pode ver, a Eli é, em tudo, uma menina excepcional. Qualquer um da idade dela se mataria para aparecer naquela caixa boba, mas ela não é como qualquer um. Por sorte.

Respirei aliviada. Mesmo assim, engolia muito mal o fato de terem decidido voltar a transmitir a propaganda. O papai adivinhou meu estado de ânimo:

— Anima esse rosto, filha. O mundo não vai acabar por causa daquela colônia.

— Além do mais, aquela colônia tem cheiro de cocô.

Os vizinhos riram com vontade. Mamãe (vocês conseguem imaginar?) não riu nem um pouco.

Eu sabia o que vinha agora: ter que agüentar me ver uma e outra vez na TV com cara de boba e o vidro na mão, repetindo aquela mentira. Só de pensar já me dá um ataque de nervos. Como posso ter feito algo tão ridículo? E como podiam de repente repetir a propaganda sem me pedir permissão?

Também minha mãe estava um pouco incomodada com o assunto. Ela o encerrou com uma só frase, que acompanhou um sorriso desses que só se utilizam quando há visitas:

— Na segunda, eu ligarei para a agência para pedir explicações.

É um milagre nos levantarmos da mesa de Natal, depois de ingerir tal quantidade de comida que teria feito até um elefante explodir. Quando as visitas foram embora e papai aumentou o volume da televisão, eu pedi permissão para ir ao meu quarto por um tempo. Precisava urgentemente de uma cura por desintoxicação. Vocês sabem: um pouco da minha música, solidão, brincar um pouco com o meu celular e folhear uma revista. E falar um pouquinho com minhas amigas, para saber como tinha sido para elas o dia de Natal.

— Muito bem — disse a risonha Anali. — Mamãe fez um pudim de ovo com queijo de cabra que ficou uma delícia. E Sandrayú comeu uma batata.

Notícias pequenas. Com crônicas como essa, não dava muita vontade de sair de casa. Liguei para Júlia, certa de que sua visão do dia mais familiar do ano seria bastante diferente.

— Um saco. Me fizeram comer três pratos e ajudar a lavar as travessas. E, pra piorar, tive que agüentar Lílian e levá-la para dar uma volta. Ainda bem que já passou.

Não totalmente, pensei eu: pela frente a gente ainda tinha um longo caminho de festas insuportáveis. Fim de ano (com o meu pai engasgando com as uvas, como de costume), ano-novo (outro banquete terrível para celebrar a mudança de data, uma pequena estupidez), a manhã do Dia de Reis (odeio o rocambole e já quase não há presentes nesse dia) e, em seguida, o pior: ir ao colégio outra vez e ficar sem tempo para nada.

— Escuta — disse Júlia —, tive uma idéia genial. Por que a gente não comemora o nosso próprio fim de ano? Deixariam você ficar na casa do seu irmão?

De repente, a vida parecia um pouco mais luminosa.

— Eu poderia tentar — respondi.

— Eu cozinharia — disse ela.

— E poderíamos dançar e assistir ao que a gente quisesse na TV.

— Ou talvez organizar uma maratona de vídeos.

— Com certeza. De filmes de terror.

— Bom, a gente vê.

— Sim, sim, sim. Quem conta para Anali?

De repente, lembrei-me da minha única grande obrigação para aqueles dias, por ordem materna: os filhinhos da Roxi. Contei à minha amiga.

— Dá na mesma — disse Júlia, contagiada por um repentino ataque de otimismo — você os traz e a gente ajuda a distribuí-los.

Dois detalhes me ajudaram a decidir levar adiante a proposta da Júlia. O primeiro foi uma frase do meu irmão, pronunciada durante o almoço natalino:

— Vou passar o fim de ano na neve, com uns amigos e umas garotas.

Isso tinha um significado claríssimo: o apartamento dele ia estar maravilhosamente vazio, como se nos esperasse.

O segundo foi uma frase do meu pai, quando a vizinha chata nos convidou para almoçar no dia seguinte:

— Impossível — ele respondeu, taxativo, mas

amável, como só ele sabe fazer. — Precisamente amanhã ao meio-dia eu volto a Copenhague.

Outro mistério para acrescentar à lista: o que estava acontecendo em Copenhague? O que o meu pai tinha que fazer por lá?

E uma tristeza que eu conheço de cor, mas que continua me afetando: a que bate cada vez que meu pai vai embora.

— Vai ser por poucos dias, Lisa, não precisa fazer essa cara.

Mais tarde, quando ninguém podia nos escutar, sussurrou no meu ouvido:

— Não pense que eu vou esquecer que você me deve uma confidência.

Tudo certo, então, para eu pedir permissão para ficar na casa do meu irmão por alguns dias. Procurei o melhor momento (nessas questões, a oportunidade é muito importante) e fiz a proposta à minha mãe. E qual foi a minha surpresa? Ela achou estupenda a idéia de se livrar ao mesmo tempo de mim, da Roxi e dos sete gatinhos.

E, se a mudança para o bairro das minhas inseparáveis parecia uma coisa muito complicada de se fazer com toda essa companhia, tudo ficou fácil quando meu pai concordou em nos levar, no mesmo carrão da empresa dele que iria passar para levá-lo ao aeroporto. Os gatinhos se comportaram bastante bem apesar de, como era de se esperar, por não estarem muito acostumados a qualquer tipo de viagem, ficarem andando de um lado para outro. Quinta-feira tinha decidido se instalar debaixo do assento do carona, enquanto seu irmão Segunda passeava pelos domínios do motorista e ameaçava chegar ao acelerador (mas eu o peguei a tempo). Domingo passeava com muita calma pela caixa de câmbio e a travessa da Sexta, a mais bagunceira da cambada, se empenhou durante todo o caminho em se meter no bolso do paletó do meu pai. Enquanto tudo isso acontecia, Roxi olhava suas crias, tranqüilamente tombada no banco traseiro.

— Cuide-se — disse papai quando me deixou na frente do portão do prédio do Artur com a cesta de vime que servia de cama a toda a família felina — e se prepare para a minha volta. Você também não sabe por que eu vou tanto a Copenhague.

Fiquei muito intrigada, mas ele não soltou nenhuma informação. Limitou-se a dizer, antes de se distanciar dando adeus com a mão, como teria feito um rei ou um príncipe:

— Pense nisso, mas certamente você não vai adivinhar. Eu também tenho meus mistérios, anãzinha.

Adoro quando meu pai me chama de "anãzinha". Por isso perdoei que ele tivesse ido embora daquela forma. Pensando bem, o que eu não perdoaria ao meu pai?

*

Tem uma coisa que eu preciso contar. Diz respeito à minha propaganda e àquele tipo de gente que pensa que fazer propagandas e aparecer na TV são a maior felicidade que se pode alcançar na vida.

Não tinha passado nem uma hora desde que a gente viu a retransmissão da mentira da colônia Caramba quando tocou meu celular. Não reconheci o número de quem estava me ligando, por isso atendi. Se tivesse lembrado a quem pertenciam aqueles, número, já teria imaginado tudo o que aconteceria depois. Tem gente que é muito previsível.

— Acabo de ver você na TV. Adorei voltar a ter notícias suas, embora você estivesse um pouco estranha.

Era Guilherme, um menino que antes estudava em minha classe e que naquele ano tinha mudado de colégio.

— Mas é claro que estava estranha. Eu tinha oito anos quando fiz aquela propaganda.

— Oito? Mentira. Você estava muito bonita para ser tão nova.

Suspirei. Tem gente que não muda nunca. O chato do Guilherme só se interessa por gente famosa. É esse tipo de gente que considera que alguém vale muito mais porque aparece na televisão. Uma vez me pediu em namoro, mas perdeu o interesse quando eu decidi largar a publicidade. Agora, claro, voltava, com a mesma constância com que o inverno e o verão voltam a cada ano.

— A gente podia se ver um dia desses, não seria bom?

— Acho que não posso, Gui — menti —, porque ultimamente ando muito ocupada.

— Ah, é? Em quê? Filmagens?

— Sim, sim, muitíssimas filmagens — menti outra vez.

Fez-se um silêncio, que o Guilherme devia estar aproveitando para pensar na resposta seguinte. Quase dava para escutar seus neurônios em serviço, funcionando todos ao mesmo tempo pela primeira vez na vida. Finalmente, encontrou uma resposta adequada ao que eu acabara de dizer.

— Fantástico!

— Eu ligo para você quando tiver um tempo — terceira mentira em menos de trinta segundos, que ritmo!

— Com certeza você vai esquecer — disse ele.

— Não, não, de jeito nenhum. Prometo que ligo.
— Eu começava a me preocupar: se continuasse assim, meu nariz iria crescer.

Outro silêncio para pensar em uma resposta, que demorou um pouco mais a chegar:

— Está certo, o que eu posso fazer? Mas liga, hein?

— Claro, fica tranqüilo.

Desliguei antes que ele me perguntasse mais coisas, ficasse chato ou começasse a suplicar que eu ligasse, por favor, o mais rápido possível. Com gente como Guilherme, nunca se sabe.

Naqueles dias choveram ligações no meu celular. Algumas foram engraçadas, como a do Pablo.

— Tem uma menina em um comercial de TV que parece uma irmã mais nova sua — disse ele.

— Sou eu, só que em uma vida anterior — respondi.

Ele me confessou que ficava muito contente por eu ter largado as propagandas porque andar pela rua com uma menina que aparece na TV devia ser uma coisa muito chata. Depois daquele comentário, acho que comecei a gostar ainda mais do Pablo.

Também ligou Teresa, a avó da Júlia.

— Quer que eu te diga uma coisa? Você está muito mais bonita agora. Com certeza tem muita gente que nem te reconhece. Não se preocupe muito, está bem?

Teresa sabe como eu detesto as propagandas e me ajudou muito quando decidi largá-las e me dedicar à minha verdadeira vocação, ainda que muito poucos a entendam.

No entanto, o prêmio de ligação mais surpreendente de todas poderia ser dado a esta sobre a qual vou contar a seguir. Não havia número na tela e sim uma daquelas mensagens de "número não identificado" tão desagradáveis. Uma voz de menina que não me parecia familiar me deixou desconcertada.

— Oi. Você sabe quem está falando?

— Para falar a verdade, não.

— Lílian, sobrinha do Salvador.

Eu soube perfeitamente de quem se tratava assim que ouvi o nome. Que surpresa! "Com certeza é uma ligação interesseira", pensei.

— Teresa me disse que você é a menina da colônia Caramba, a da propaganda. Parabéns.

Não respondi. Deixei que continuasse. Intuí, com precisão, que ela tinha algo mais para me dizer:

— Você está muito bonita na propaganda.

— Teresa disse que estou muito mais agora — respondi, citando a mesma fonte que ela.

— Não sei — ela riu com nervosismo, como se lhe custasse muito reconhecer que eu estava bonita. Logo lançou uma pergunta direta como uma bala. — Como eu faço pra aparecer em propagandas como você?

Pensei que não tivesse entendido bem. Imagino que ela deve ter percebido como soara boba aquela pergunta, porque logo se esforçou para enfeitá-la um pouquinho:

— Quero dizer que eu gostaria de tentar fazer alguma propaganda. Se você pudesse me dizer aonde eu tenho que ir, claro. Contaram-me que se paga muito bem.

Eu não tinha a menor idéia de como responder àquilo. O dinheiro nunca me interessou. Além do mais, o meu sempre foi administrado pela minha mãe, que o mantém guardado para o dia em que eu me aposentar, ficar viúva ou algo assim.

— Não faço idéia — respondi.

Não sei por que fiz isto, mas em seguida dei àquela convencida o endereço da agência de modelos para publicidade à qual eu havia pertencido até poucos meses antes. A mesma agência da qual eu estava esperando uma explicação (ou um pedido de desculpas, não sabia muito bem) que ainda não tinha sido dada. Lílian me agradeceu com uma frieza que eu não estranhei nem um pouco e logo acrescentou:

— Não diga nada a Teresa, por favor. Ela não sabe que eu te liguei.

Pareceu-me um pouco absurdo aquele pedido. Teresa era amiga minha e eu não gosto de mentir por motivos bestas. Na verdade, não gosto de mentir. Além do mais, alguma coisa ali não combinava.

— Se contratarem você, não vai conseguir manter o segredo, Lílian. Nem com a Teresa nem com ninguém — observei.

Ouvi um riso nervoso vindo do outro lado da linha.

— Bom — disse ela — vamos ver se me contratam, está bem? Até lá, guarde o meu segredo, colega.

Desligou quase de imediato. Sem que eu tivesse tempo para responder. Sem escutar o que eu tinha a dizer: que não era sua colega e que ela não deveria voltar a me chamar de qualquer coisa parecida.

Nem todos os problemas se chamam Lílian, mas quase todos

Cada vez que volto ao bairro onde mora meu irmão me sinto outra pessoa. É ótimo acordar em um lugar onde não se escuta o barulho dos carros, onde as gaivotas sobrevoam o lustre em cima da cama e onde, ao longe, de vez em quando, se pode escutar a buzina de algum barco enorme. Também é fantástico ter como vizinhas Júlia e Anali, que o meu irmão passe o dia todo fora de casa e que haja uma locadora de vídeos bem virando a esquina. Se não fosse por esse lugar, as minhas férias, tanto as de Natal quanto as outras, seriam insuportáveis.

A primeira coisa que eu fiz foi procurar um lugar para Roxi e sua família. No terraço fazia frio demais para os pequeninos. Eu logo o descartei, ainda que já tivesse ocorrido à Anali uma de suas modestas idéias:

— Eu posso pedir à minha tia para fazer uns casaquinhos de lã para eles. Ela adora tricotar. Uma vez ela fez uma jaquetinha para uma das minhas bonecas.

— Melhor não, Anali, não se preocupe com isso — encerrou Júlia. — Acho que é mais prático encontrar um outro lugar.

Na área de serviço, entre a máquina de lavar e o armário das vassouras, havia um buraquinho que parecia ter sido feito para minha gata. Só tive que procurar outro lugar para o balde e fabricar para Roxi uma cama com alguns trapos para que tudo ficasse pronto. Minha gata, tão acostumada a sua cesta de vime com almofadões antialérgicos especiais pra mascotes de madame, não teve dificuldades em se adaptar a seu novo colchão. No fundo, minha gata é como eu: não temos outra opção senão viver onde vivemos, mas, se pudéssemos escolher, preferiríamos outro lugar.

E por falar em viver em outro lugar, havia uma novidade com a qual eu não tinha contado. Uma novidade que poderia alterar muito o nosso estilo de vida e até estragar tudo. Era uma novidade de olhos verdes, cara fechada e nome próprio. Vocês adivinham? Claro: Lílian.

Júlia anunciou no mesmo dia em que eu cheguei:

— Esta tarde teremos que ficar com Lílian.

Para aquela tarde tínhamos planejado um passeio pelo centro que incluía uma visita à nossa chocolateria favorita, quase um ritual em todos os nossos encontros.

Júlia estava com uma cara de profunda insatisfação quando acrescentou:

— Minha avó vai ficar brava se ela não for com a gente. Diz que a gente a deixa de lado o tempo todo.

Será que a avó da Júlia tinha razão? Eu também me perguntava. Não simpatizamos com Lílian nem no começo. No entanto, a convidamos para nosso jantar de fim de verão e tentamos fazer com que ela se sentisse uma de nós, sem fazer nenhum esforço especial. Lílian quase não abriu a boca, comeu sem parar, com um apetite digno de entrar para a História e se limitou a observar muito o apartamento do Artur (onde fizemos o jantar) e a assistir muito à televisão, que estava ligada. Depois da pizza, quando Júlia foi buscar o sorvete (de chocolate com pedaços de chocolate, nosso favorito), ela se instalou no sofá e não voltou a nos dirigir a palavra até a hora de ir embora. Para nós, foi indiferente ter uma antipática séria e silenciosa sentada no sofá: a única coisa que nos importava era comemorar o final do verão com uma festa que nos deixasse um bom sabor na boca até a próxima ocasião.

O único comentário, quando, alguns dias mais tarde, falamos da Lílian, foi feito por Anali:

— Como ela come! Parece que vai arrebentar! Que panorama!

E houve outra ocasião. Em um dos primeiros fins de semana depois do início das aulas, quando ainda fazia calor, decidimos ir ao cinema. Foi Júlia quem escolheu o filme. Isso significava: muito sangue, cabeças cortadas, mortos ressuscitando e tormentas que começam no meio da noite. Enfim, mais de uma hora e meia de sustos e sofrimentos, suficientes para que qualquer um tivesse uma indigestão com a pipoca. Júlia apareceu com Lílian, por um motivo que pudemos supor:

— Minha avó diz que devemos sair juntas — disse ela.

Ela nos acompanhou até o cinema, em seu silêncio e seriedade habituais. De vez em quando soltava profundos suspiros. Não dizia nada, mas saltava à vista que ela estava entediada como uma ostra. Não participou da habitual discussão sobre ficarmos em uma das primeiras fileiras (como Anali gosta) ou em uma das últimas (como eu gosto). Júlia nunca se pronuncia: limita-se a jogar uma moeda e perguntar quem escolhe cara. Tiramos na sorte, muito democraticamente. Lílian não quis dar opinião.

— Tanto faz — foi tudo o que ela disse.

A moeda favoreceu Anali e tivemos que sentar na frente. Lílian soltou um suspiro, como se estivesse cheia de tudo aquilo.

— Você não gosta de sentar nas primeiras fileiras, Lílian? — perguntou nossa amiga chinesa.

Lílian respondeu com um sussurro quase inaudível. Acho que as minhas inseparáveis nem escutaram, mas eu sim. Tenho um ouvido muito bom e também estava mais perto dela. O que ela disse me pareceu horrível, ainda que tenham sido só cinco palavras:

— Tudo isso é um saco.

No entanto, naquela tarde aconteceu uma coisa estranha. O filme mal tinha começado e as inseparáveis, sentadas na terceira fila, devorávamos nossas pipocas (eu tinha comprado um pacote pequeno e um refrigerante *light*, que fique bem claro). Depois de engolirmos toda a propaganda prévia, desejávamos que aparecesse alguma coisa realmente nojenta que nos desse um susto enorme. Nesse momento, justo antes do primeiro sobressalto, Lílian levantou-se de seu assento e se distanciou pelo corredor iluminado com pequenas luzes alaranjadas.

— Aonde ela vai? — perguntou Júlia.

— Não disse — respondi.

— Talvez ela goste de ver lá de trás — argumentou Anali.

— Deve ter ido ao banheiro, já vai voltar.

Nos concentramos no filme. Só um bom tempo depois é que fomos reparar que a Lílian não tinha voltado.

— Talvez ela não tenha gostado da escolha do filme — especulei.

— Vou ver se ela está lá atrás — sussurrou Anali, levantando-se da poltrona justo na metade do filme e forçando mais de 15 pessoas a fazer o mesmo para deixá-la sair.

Para voltar ao seu lugar, o mesmo ritual: umas 15 pessoas resmungando ao mesmo tempo porque uma pequena chinesa voltava a incomodá-las.

— Da próxima vez, façam xixi antes de entrar — disse um deles, o que parecia mais incomodado de ter que se levantar.

Quando Anali chegou ao seu lugar, estava ofegante como se tivesse acabado de subir a montanha mais inclinada do planeta.

— Na parte de trás ela não está — informou — e no banheiro também não.

Aquela notícia nos deixou perplexas. Aonde teria ido Lílian? Por que ela não tinha dito nada? E se tivesse acontecido alguma coisa? Julia resmungou, sem levantar a voz:

— Se acontecer alguma coisa com aquela idiota, a minha avó vai pôr a culpa em mim.

O filme foi, como vocês podem supor, mais agitado do que o normal por causa da fuga da Lílian.

Aos sustos com os zumbis tivemos que somar a preocupação da Júlia, que olhava constantemente para trás tentando descobrir onde estava a romena.

— Se ela não aparecer, eu vou me dar mal — dizia.

O filme passou em uma apreensão que não tinha nada a ver com os mortos-vivos nem com os aterrorizados protagonistas. E, quando faltavam menos de cinco minutos para o final, durante uma de suas espiadas, Júlia disse, sem disfarçar a braveza:

— Lá vem ela. E tão tranqüila! Mas que...

O filme estava na melhor parte: a maior e mais sangrenta matança de zumbis jamais filmada. De fato, Lílian chegava como se nada tivesse acontecido, andando em um passo normal, sem demonstrar a menor pressa, mal-estar ou preocupação de nenhum tipo. Sua chegada forçou as mesmas 15 pessoas de antes a se levantarem de novo. O reclamão do grupo desta vez não hesitou nem um pouco em dizer:

— Vocês poderiam ter ficado em casa, meninas, em vez de incomodar as pessoas desse jeito.

A coisa ficou tão séria que chegou a aparecer o lanterninha, com aspecto de domador de feras circenses, para nos dar uma boa bronca:

— O que está acontecendo aqui? — disse ele, levantando o tom o suficiente pra que todo mundo o escutasse. — Se vocês não deixarem as pessoas em paz, terei que expulsá-las do cinema, meninas.

Lílian sentou-se e ficou muito séria e muito aplicada durante os dois minutos e meio que ainda restavam de filme. Quanto a nós três, a vergonha por saber que todo mundo nos olhava nos impediu de desfrutar o desenlace da história. Quando o filme terminou, Lílian levantou-se como se nada tivesse acontecido e saiu com o resto do rebanho, enquanto na tela continuavam desfilando os milhares de nomes de técnicos em efeitos especiais que tinham tornado possíveis todas as nojeiras que a gente tinha acabado de ver. O resto dos espectadores das primeiras fileiras nos olhava como se fôssemos os zumbis do filme.

Júlia estava furiosa. Conseguiu agüentar calada durante uns três minutos depois do momento em que vimos a luz do sol, mas acabou explodindo. Acho que ela teria ficado doente se não tivesse dito nada.

— Pode-se saber aonde você foi? Passamos o filme inteiro preocupadas com você, só para você saber — soltou para Lílian, que olhava para ela sem se alterar, embora um pouco surpresa com a bronca.

— Fala — insistiu Júlia — você sabia que, por sua culpa, a gente passou uma tremenda vergonha?

— Aquele homem é um mal-educado — disse Lílian, como se fosse uma coisa óbvia.

— E você é uma estúpida — gritou Júlia.

Conseguimos acalmar um pouquinho nossa amiga, enquanto Lílian continuava inabalada. A verdade é que eu nunca tinha visto um exemplo de sangue-frio como aquele. Já chegando ao bairro, eu disse à romena, baixinho para que as outras não me ouvissem:

— Diga alguma coisa à Júlia para que ela se acalme. Estava muito preocupada com você.

Eu sabia que era só uma meia-verdade, mas pensei que seria por uma boa causa. Funcionou. Lílian se aproximou da Júlia e, sem mudar nem um pouco seu rosto de esfinge egípcia, disse:

— Pensei que vocês não se importariam se eu saísse um pouco. Não precisa ficar brava.

Isso foi tudo. Não nos disse nem por que saiu nem onde ficou. Poucos minutos depois, despediu-se com um simples "Boa tarde" e saiu andando pela rua sombria onde morava a avó da Júlia. E nós não quisemos complicar a nossa vida: ali mesmo, naquele exato instante, passamos a considerá-la um caso perdido.

Dois meses depois, estávamos justamente na minha primeira tarde no bairro nas férias de fim de ano. As notícias que tive sobre Lílian durante aqueles meses não foram muitas. Ela e Júlia estudavam na mesma classe, mas elas faziam parte de grupos diferentes, de modo que a nossa amiga não tinha que agüentar muito a sua companhia, somente durante as aulas de educação física ou as excursões.

Pelo que Júlia contava, a romena era igual com todo mundo: não tinha amigos, não saía com ninguém, não ria quase nunca e se comunicava muito pouco. Tirava notas melhores do que as minhas (o que já é bastante) e passava o dia estudando. E, como se isso fosse pouco, deixava todo mundo deslumbrado na aula de educação física. Júlia contou que uma vez a viu dar uma pirueta no ar e cair com os pés juntos, como aquelas meninas que aparecem na televisão, com maiôs lindos e muita maquiagem, durante as Olimpíadas. Também contou que Lílian costumava discutir com a professora de educação física porque ela não a deixava usar o cavalo, o plinto ou qualquer outro tipo de artefato de tortura escolar. Pelo visto, Lílian gostava de dar saltos com a ajuda desses aparelhos. Que coisa.

A tarde em que fomos à chocolateria acabou sendo um desastre. Uma dessas tardes em que teria sido melhor ficar em casa vendo qualquer coisa na TV.

O pesadelo começou na entrada da chocolateria. O caminho até ali havia sido silencioso, mas pacífico. Lílian não abriu a boca, como de costume, e parecia que sua mudez nos tinha contagiado. Estávamos entrando naquele lugar maravilhoso, onde tudo tem cheiro de chocolate e as garçonetes são gordinhas, loiras e com bochechas rosadas, quando Lílian disse:

— Meninas, eu vou embora, vejo vocês logo.

Ao que Júlia reagiu muito rapidamente. Agarrou Lílian por um braço e soltou:

— Você não sai daqui sem nos dizer aonde vai, linda.

Lílian tentou se safar, mas Júlia era mais forte. A cena ficou absurda. Os transeuntes nos olhavam achando estranho, perguntando-se quem seria aquela extraterrestre que precisava ser obrigada a entrar em uma chocolateria. Finalmente, Lílian se deu por vencida, ainda que não tenha disfarçado nem um pouco seu estado de ânimo. Entramos, procuramos uma mesa livre e nos sentamos. Logo chegou a garçonete, tão sorridente e rosada como de costume.

— Oi, meninas — cumprimentou. — Há quanto tempo vocês não apareciam aqui! Vão lanchar?

Todas dissemos que sim, exceto Lílian.

— Puxa, um novo membro no grupo — observou então a garçonete, que já nos conhecia muito bem. — O que vão querer?

A gente pediu mais ou menos o de sempre. Pedaços de bolo, chocolates quentes, biscoitos para Júlia, um folhado para Anali e churros light para mim. Quando chegou a vez da Lílian, a garçonete lhe perguntou:

— E você, linda, o que deseja?

— Ir embora — soltou a desagradável, deixando a garçonete estupefata.

— Ah! Hehe — olhou-nos, sem saber como

reagir. — Então pode ir, ué. Alguém está impedindo que você vá?

— Sim, e eu não sei por quê — respondeu ela.

Quando a garçonete se retirou para buscar os nossos pedidos, um pouco mais vermelha do que antes, Júlia tentou explicar a Lílian por que ela não podia ir aonde quisesse e quando quisesse:

— Se eu não souber onde você está, a minha avó vai brigar comigo. Ela pensa que eu devo cuidar de você. Se você não gosta disso, eu também não, mas você tem que dizer aonde vai.

A resposta da Lílian, mais uma vez, foi o silêncio. Silêncio, cara fechada, braços cruzados e braveza, tudo de uma vez só.

Logo ficamos sabendo que era só uma farsa. Que, na verdade, ela estava pensando em uma estratégia para se dar bem a todo custo. Teve que esperar até que chegassem as xícaras fumegantes. A garçonete as deixou em cima da mesa e se foi de novo, em busca dos pratos com o resto das coisas. Então, com rapidez felina, Lílian deu um tapa certeiro e derramou a minha xícara de chocolate no colo da Júlia. Foi tudo em décimos de segundo, como nos filmes. Júlia se levantou, assustada, com a calça inteira manchada de chocolate fervendo e saiu correndo em direção ao banheiro para se limpar com água fria, enquanto Anali e eu tentávamos ajudá-la. Aproveitando todo o rebuliço, Lílian fugiu, como se fosse uma profissional.

Foi a garçonete quem nos contou isso, quando tudo tinha passado, exceto a mancha na calça da Júlia e a raiva de nós três:

— A amiga de vocês foi embora correndo. Eu diria que ela fez isso de propósito.

— Ela não é nossa amiga — replicou a sempre doce e moderada Anali, mais brava do que nunca.

O episódio do chocolate nos obrigou a mudar de planos: Júlia precisava de uma calça limpa. Nós a acompanhamos até a sua casa.

Então tivemos a segunda surpresa da tarde:

— Olhem, na esquina — exclamou Anali. — Vocês não reconhecem?

Só conseguimos ver alguém que virava a esquina em direção a uma das ruas mais movimentadas do bairro. No entanto, eu teria jurado que aquele casaco e também a calça eram inconfundíveis. Júlia viu a mesma coisa que eu.

— Era o Papai Noel? — perguntamos ao mesmo tempo.

— Ele mesmo. Ainda está seguindo a gente.

O pesadelo tinha apenas começado. Ao chegar à casa da Júlia — surpresa! — nos encontramos com Teresa. Assim que nos viu, ela perguntou sobre Lílian. E a nossa resposta a alarmou muito.

— Não está com vocês? — se sobressaltou.

— Sua querida sobrinha não quer ficar com a gente, vó. Se mandou. E, para que você saiba, antes de ir ela fez isto comigo — disse Júlia, muito alterada, mostrando a grande mancha de chocolate.

Primeira intervenção da mãe da Júlia:

— Filha, não fale assim com a sua avó.

Segunda intervenção da avó da Júlia:

— Tenho certeza de que foi um acidente, filhinha. Você tem que pensar que Lílian é uma menina com muitos problemas e que as coisas são sempre muito mais difíceis para ela do que para você.

Resposta da Júlia, cada vez mais fora de si:

— Vai ter problemas comigo se fizer mais alguma como a que fez hoje! E não foi um acidente, vó, ela fez de propósito. Não sei como você pode defendê-la.

Segunda intervenção da mãe da Júlia (idêntica à anterior):

— Júlia, não fale assim com a sua avó.

E Teresa, que continuava com a sua curiosa visão das coisas:

— É uma menina muito boa. Pode ser um pouco tímida, mas vocês a deixam de fora constantemente. E julgam tudo o que ela faz com maus olhos. Não estranho que ela seja um pouco arisca com vocês, meninas.

Pensei que Júlia teria um ataque de raiva.

— É uma antipática, vó. E você é uma idiota se não percebe isso.

Terceira intervenção da mãe da Júlia, desta vez em forma de ameaça:

— Vou bater em você se não moderar esse seu vocabulário, Júlia.

E Júlia, que não moderou nem um pouco o vocabulário, pelo contrário:

— Só para você saber, vó, a sua pobre romenazinha poderia ter me queimado. Mas você prefere que ela me queime a me dar razão, não é?

E aconteceu o pior: a quarta intervenção da mãe da Júlia (que já tinha avisado) foi na forma de uma enorme bofetada. Júlia colocou a mão na bochecha enquanto os olhos se inundavam de lágrimas e nós percebemos que íamos ser expulsas dali a qualquer momento.

Aquilo surpreendeu até mesmo Teresa, que se levantou de repente da cadeira e nos disse, sem que a gente soubesse muito bem a que ela se referia:

— Eu não estava esperando nada disso.

Anali também começou a chorar, acho que contagiada pela raiva da nossa amiga. A quinta intervenção da mãe da Júlia foi a que encerrou aquela reunião tão pouco agradável de um modo bastante típico:

— Vão embora para casa, meninas. Júlia está de castigo.

Antes de sair, no entanto, me aproximei da Teresa, que tinha ficado sozinha na sala e acho que bastante incomodada, e lhe disse:

— Júlia tem razão.

Ela me olhou com seus impressionantes olhos azuis. Parecia confusa. Disse apenas:

— Assim que eu vir Lílian, vou pedir a ela para me explicar o que aconteceu.

"Não vai adiantar. Lílian é uma enganadora", pensei, mas não disse. Imaginei que naquele momento Teresa não estava muito predisposta a me escutar.

Eu teria gostado muito de lhe perguntar se queria um gatinho, mas me dei conta de que aquela não era uma ocasião muito boa para isso também.

Ao chegar à casa, vi que Roxi tinha decidido trocar de domicílio e se instalara, junto com todos os seus filhinhos, no cômodo e acolchoado sofá do meu irmão. Com a exceção de Quinta e Segunda, que tinham preferido o tapete, bem em frente à televisão (que estava desligada). Devolvi todos ao seu lugar entre o armário de vassouras e a máquina de lavar enquanto tentava fazê-los entender qual era o seu lugar no mundo. Não pareciam muito convencidos, mas não tiveram outra opção senão me obedecer: naquela casa, eu representava a autoridade. Passei o resto da tarde e parte da noite dedicando-me a uma tarefa apaixonante: limpar os pêlos de gato do sofá do meu irmão.

Para fazer isso com mais profissionalismo (e também porque sozinha eu não me sentia capaz de deixar tudo limpo) procurei nos armários da área de serviço alguma coisa que me ajudasse a levar a cabo essa tarefa tão elevada. Encontrei um aspirador amarelo que, para minha felicidade, ainda não tinha sido estreado. Estava desmontado, mas tive a sorte de encontrar o manual de instruções e de ser boa em jogos de construção. Em menos de uma hora, tinha conseguido montar o aspirador. Em outra hora, o sofá e, já que estava fazendo aquilo, também o chão ficaram tão limpos que pareciam novos.

Foi nessa operação de limpeza desesperada que, sem querer, encontrei uma coisa que me chamou a atenção. Estava pendurada atrás da porta do banheiro, casualmente. Se não fosse pelo fato de as pessoas não costumarem perder essas coisas, eu teria dito que alguém a tinha esquecido em uma escapada, como a da Lílian na chocolateria. Era uma barba branca, comprida e densa como eu nunca tinha visto antes. E o Carnaval ainda estava longe de começar.

— O que você estava fazendo? — perguntou a voz do meu pai, que se escutava nítida e forte do outro lado da linha, como se ele estivesse falando da outra esquina.

— Estava com a mão na barba — respondi, sem qualquer intenção de que meu pai me entendesse.

— Você inventa cada uma, Eli — deu uma gargalhada longa. — Escuta, linda, imagino que seu irmão não esteja em casa, para variar.

— Acertou — assenti.

— Ele paga para que você seja telefonista ou você fugiu de casa? — perguntou em seguida, com seu sarcasmo característico.

— Nem uma coisa, nem outra. Vim passar alguns dias das minhas férias. É bom ficar aqui.

— Imagino. A liberdade e essas coisas todas, não é? Você vai estar em casa no réveillon?

— Pai... o réveillon é depois de amanhã.

— Eu sei. Vai estar em casa?

— Eu não. E você?

— Eu também não. Sua mãe queria sair por aí com as amigas dela e eu não suporto aquelas mulheres. Vou dar essa alegria a ela. Você se importaria em contar-lhe por mim?

— Nem um pouco. Eu entendo. Quando você volta pra casa?

— O mais rápido que puder. Estou terminando uns assuntos.

Aquilo me lembrou de que...

— Pai, você não vai me contar o que está fazendo em Copenhague?

— Depende. Você vai me contar aquela história de namorado?

— Não é meu namorado. Você não sabe de nada.

— Isso significa que você não vai me contar?

— Há certas coisas que não se podem contar pelo telefone.

— Concordo, Lisa. É exatamente por isso que eu continuo devendo um jantar a você. Você vai começar as narrativas.

— Aaaaaah. Você não vai me contar nada agora?

— Ué, assim como você, princesa. Isto é um empate técnico. Diga ao seu irmão que se cuide, está bem? E peça a ele para me ligar quando puder, que eu tenho uma coisa a lhe dizer.

— Você vai ter que me pagar pela função de secretária.

— Não tem problema, querida. Depois você me diz quanto cobra. Por enquanto, mande beijos à família. Para você, dos caprichados, está bem?

— Bom, mas só se não engordarem.

Se alguém me pedisse para elaborar uma lista com as coisas que mais gosto de fazer na vida, com certeza eu colocaria em primeiro lugar conversar pelo telefone com o meu pai. Inclusive agora, em que ele dava, mais do que nunca, uma de misterioso. O que estaria fazendo em Copenhague? Por que aquele ar de intriga tão festivo? Droga, não havia jeito de averiguar aquilo antes que ele voltasse.

No Natal, todo mundo é alérgico a gato

Doam-se gatinhos bonitos, simpáticos e ruivos. Falar com Lisa. E o número do meu celular. Isso dizia o anúncio que as minhas inseparáveis me ajudaram a distribuir pelo bairro. Em uma só manhã, não havia estabelecimento em que não tivéssemos perguntado, com cara de boas meninas, se nos deixavam colar o anúncio. E quem pode negar a três meninas boas, que mais parecem estar em uma missão de paz das Nações Unidas, uma coisa tão simples assim? Na maior parte dos lugares nos deram permissão e, em poucas horas, o bairro inteiro ficou coberto de ofertas felinas. Talvez o bom coração das pessoas, que no Natal parece predominar, e a necessidade de encontrar o mais rápido possível um presente para as crianças da casa animassem algumas pessoas a anotar meu número.

No entanto, como o espírito natalino e a vontade de dar de presente mascotes que fazem xixi e enchem os tapetes de pêlo às vezes se tornam escassos, pensei que o melhor seria que as minhas amigas me ajudassem a procurar entre seus conhecidos todos aqueles que estivessem dispostos a adotar um dos filhinhos da Roxi. Fizemos uma lista de pessoas que, depois de pensar muito, chegou a uns cinqüenta nomes. Decidimos começar pelo mais próximo: o senhor Mollerusa, presidente da Associação de Vizinhos, um senhor distraído, calvo e míope que nos olhava através dos óculos.

— Estou vendo triplicado ou vocês são realmente três? — disse ele, assim que nos viu entrar.

"Ha ha, que engraçado", pensei. Se tem uma coisa que eu não suporto são pessoas que querem ser engraçadas e não são nem um pouco. Alguém deveria explicar a elas que é melhor não tentarem mais ("obrigado, de verdade, mas estamos falando em benefício do resto da humanidade").

O senhor Mollerusa parecia estar falando ao telefone. Digo que parecia porque não pronunciava uma palavra. Segurava o aparelho junto à orelha direita enquanto, com a outra mão, fazia pilhas com os papéis que se espalhavam em cima da mesa. Levantou um pouco o olhar e pareceu alegrar-se muito de nos ver:

— Anali! Júlia! Que surpresa ver vocês por aqui.

Desligou o telefone, como se Júlia e Anali fossem mais importantes que a pessoa com quem ele estava falando ou tentando falar.

— E esta quem é? Uma amiguinha?

Atenção, segundo sinal de alarme: não me dou bem com pessoas que falam usando diminutivos. Não sei por quê.

— Na verdade, viemos oferecer uma coisa — disse Anali.

— Sim? Do que se trata? Vocês tiveram mais idéias para as festas do bairro, jovenzinhas? — perguntou, unindo as mãos sobre a mesa.

— Não, na verdade, não — prosseguiu ela. — É uma coisa bem diferente. Trata-se de uma gata que teve gatinhos.

— Ah, que coisa boa. E quem é o afortunado pai?

Pessoas que fazem perguntas estranhas também não me inspiram muita confiança.

— Uj, o gato da Raquel — explicamos.

— Ah, bom. E quem é Raquel?

— Uma artesã que vende colares muito perto daqui. O caso é que ela teve gatinhos.

— A artesã teve gatinhos?

— Não, Roxi teve.

— Ah, perfeito. E quem é Roxi?

— A minha gata, como a gente disse.

— Acho que não disseram, mas não faz diferença. Já sei: vocês precisam de um veterinário no bairro.

— Não.

— Um petshop para comprar brinquedos para os pequeninos.

— Também não.

— Não? Então digam, que diabos vocês querem?

— Dar-lhe de presente um gatinho.

Mollerusa emudeceu de repente.

— A mim?

— Ou aos seus filhos... — disse eu.

Anali deu-me um pontapé disfarçadamente. Entendi sem necessidade de mais explicações: tinha dado um fora. Mollerusa se encarregou de deixar isso claro:

— Não, lindinhas. Eu não tenho filhos.

"Lindinhas"? Que cara odioso!

— Sobrinhos? — tentou Júlia.

— Tenho um sobrinho, mas é alérgico a gatos. Sinto muito, meninas, não posso ajudá-las.

Naquele momento, Anali lembrou-se de uma coisa. Percebemos porque ela levantou a mão como se estivesse no colégio, mas logo a abaixou, um pouco envergonhada. Tinha se lembrado de alguém:

— Talvez Mariluz queira ter um gatinho.

Mollerusa pensou no assunto.

— Talvez, mas este não é um bom momento para perguntar a ela. Está quase se casando e não poderia cuidar do gatinho durante a lua-de-mel. Talvez depois, se ainda lhes sobrar algum para dar de presente — pensou um pouco. — Vocês não têm nenhuma foto dos bichinhos?

— Não.

— Pena. Eu poderia tirar uma cópia.

— A gente traz depois — disse eu, que tenho visão para os negócios — assim Mariluz poderá ver.

A gente já estava se levantando quando Anali, talvez contagiada pelo ânimo questionador do Mollerusa, soltou uma pergunta que nos deixou perplexas. Era uma dessas perguntas ao mesmo tempo impertinentes e necessárias. Vocês sabem a que me refiro.

— Com quem Mariluz está casando? — disse.

Mollerusa soltou um riso de alegria.

— Hehe, vocês não adivinham?

Não. Não adivinhávamos. Eu também não me importava muito, na verdade. Não sabia nem quem era a tal Mariluz...

— Comigo! — exclamou, abrindo os braços como se fosse nos dar um abraço.

Puxa vida, aquilo estava ficando interessante. Eu nunca teria imaginado isso antes de entrar na Associação de Vizinhos. Depois desse arranque de intimidade e adivinhação, Mollerusa nos prometeu que falaria com a futura mulher sobre os filhinhos da Roxi, mas não pôde nos assegurar o resultado. A conseqüência daquela conversa absurda foi que saímos dali bastante sem forças e com pouco ânimo para continuar tentando resolver o nosso problema felino. Felizmente tínhamos entre nós a otimista Anali para ver as coisas de um ponto-de-vista mais positivo.

— Foi só a primeira tentativa, meninas. Ninguém triunfa na primeira. Além do mais — acrescentou — a gente não conseguiu que ele ficasse com um gato, mas ele nos deu algumas idéias boas, vocês não acham?

Tivemos que perguntar a que idéias ela se referia.

— Ué, está claríssimo. Temos que ir ao petshop e também ver Raquel, e tirar fotos! Acho que a gente tem que dividir um pouco as tarefas. Eu me ofereço para ir à loja. Você, Júlia, pode ir encontrar Raquel. As fotos vão ficar melhores se Lisa as tirar, porque ela tem câmera digital. De acordo?

Realmente, não se pode negar que Anali tem voz de comando. Quando ficar mais velha, deveria tornar-se chefe de polícia. Ou melhor: professora de educação física.

As coisas não poderiam estar piores no que dizia respeito à nossa comemoração de fim de ano. Júlia continuava brava com a avó, a quem não estava disposta a pedir desculpas, pelo menos até que Teresa reconhecesse que as coisas podiam ser diferentes daquilo que Lílian contava. E, por enquanto, fazer as pazes com a avó era a condição que a mãe dela tinha colocado para deixá-la participar da nossa comemoração.

— Pede desculpas, não faz tanta diferença — sugeria Anali.

— Para mim, faz. Até a chegada da Lílian eu sempre me entendia perfeitamente bem com minha avó.

Estava magoada com Teresa por causa da falta de confiança que ela estava demonstrando. Tinha toda razão. Eu a entendia e apoiava, mesmo que aquela postura nos estragasse a festa de despedida do ano velho, que cada vez estava mais próxima.

Também na casa da Anali as coisas estavam um pouco complicadas, só que por motivos muito diferentes. Sandrayú estava com catapora. Os primeiros sintomas tinham aparecido no Dia dos Inocentes,* como se toda aquela história de manchas, picadas e febre não passasse de uma brincadeira de mau gosto que alguém queria fazer com a pobrezinha. Quarenta e oito horas mais tarde, a mãe dela resolveu chamar o doutor Santos.

E nós, sempre tão desejosas de qualquer oportunidade que pudesse favorecer nossas intenções, decidimos aparecer por lá na hora da consulta para

---

*Similar ao 1º de abril, o Dia dos Inocentes é comemorado no dia 28 de dezembro, na América Latina e Espanha.

propor ao médico nosso negócio felino. Suponho que vocês imaginem do que se tratava nosso plano.

Sandrayú estava em sua caminha, muito menos alegre do que de costume. Apesar disso, nos recebeu com o cumprimento habitual:

— Olá a todas, crianças — vociferou.

— Ela aprendeu isso em algum filme — explicou Anali.

Sandrayú continuava cumprimentando, uma e outra vez, na mais alta voz:

— Olá a todas, crianças.

— E, como vocês vêem, ainda não aprendeu a controlar o volume da voz.

Sentei-me ao lado da doentinha, na borda da cama, e acariciei-lhe a cabeça.

— Nãaaaao. Cabelinho, nãaaaao, tiraaa! — disse a pequenina.

Nesse momento entrou o doutor Santos, com sua maleta, seu avental e sua seriedade habitual.

— E todo este público? — perguntou, ao nos ver.

— Vai saber que intenções elas têm ao fazer essas caras de boas meninas — observou a mãe da Anali.

Felizmente o médico não deu muita atenção a ela.

— Bom, já averiguaremos. Por enquanto, vamos ver essa doentinha — disse ele.

— Tem certeza que quer falar com ele sobre os filhos da Roxi? — perguntei a Anali, tentando fazer com que doutor Santos não me ouvisse.

— Tenho — respondeu ela. — Ele tem uma filha da nossa idade. Vocês vão ver como vai dar certo.

— Está certo, se você está dizendo.

Esperamos, sentadas em um canto, enquanto o médico verificava a temperatura da Sandrayú, explorava sua garganta, tocava sua barriga e todas essas coisas que os médicos fazem, sem que a gente saiba bem para quê, cada vez que nossa mãe nos coloca na presença dele. Ao terminar, emitiu uma espécie de veredicto:

— Tudo está caminhando bem, não é preciso se preocupar mais do que o normal. Só se a febre se prolongar ou se aparecerem outros sintomas — disse à mãe das nossas amigas orientais.

— Agora vem o café — disse Anali, levantando a vista em direção ao teto. — Sempre fazem a mesma coisa.

Ela não tinha sequer acabado de pronunciar aquelas palavras quando sua mãe disse:

— Aceita um café, doutor?

E ele, também como se seguisse um roteiro, aceitou, enquanto sentava-se em uma cadeira que ficava do outro lado do quarto:

— Sim, muito obrigado.

Era a nossa hora. Era preciso ficar frente a frente com ele e explicar, com muita persuasão, por que acreditávamos ser imprescindível que a filha dele tivesse um gato. Tínhamos decidido, por unanimidade, que seria Anali a encarregada daquela missão. Por vários motivos: doutor Santos era seu médico, de modo que se conheciam bem, e, como se isso não bastasse, ela era a mais simpática, a mais adorável, a mais..., digamos, a mais... natalina das três. Ela não concordou muito com esses adjetivos, mas aceitou sem restrições.

— Oi, doutor Santos — cumprimentou ela, muito simpática, muito encantadora, muito comercial.

— Diga, Anali. Em você não apareceram manchas? — perguntou ele, como se não pudesse esquecer nem por cinco segundos sua condição de médico da família.

— Não. Em mim, não. Em mim apareceram gatinhos.

Rimos da piada da nossa amiga enquanto o médico a olhava sem entender nada.

— O que foi que você disse, linda?

— Que a gata da Lisa teve gatinhos. Sete. Cada um com o nome de um dia da semana. São lindos. Hoje à tarde vamos tirar fotos deles. Se quiser, podemos mandar para você pela Internet.

— E para que eu iria querer uma foto dos gatinhos da sua amiga?

Aquilo estava ficando complicado. Anali estava se perdendo no discurso.

— Nós tínhamos pensado que você poderia dar um gatinho para sua filha no Natal. São tão bonitos. E ruivos! Você já viu um gato ruivo?

Doutor Santos soltou uma gargalhada.

— Ah! Se apareço em casa com um gatinho, minha mulher me expulsa.

Nesse momento apareceu a mãe da nossa amiga com a bandeja de café.

— Ahá! Agora entendi o que essas senhoritas estavam fazendo aqui. Querem lhe dar um gato, não é?

— A verdade é que Paula, minha filha, adoraria. Mas o único animal que minha mulher suporta sou eu.

Todos rimos da brincadeira, que parecia encerrar aquela questão. No entanto, Anali não se deu por vencida, como de costume.

— Você me passaria o seu e-mail? Assim eu poderia mandar a foto para Paula.

— Posso dar meu cartão, mas já aviso que não poderei adotar os gatinhos de vocês, por mais bonitos que sejam.

Doutor Santos procurou em um dos bolsos da sua jaqueta e tirou dele um cartãozinho branco, que deu à nossa amiga.

— Não se preocupe. É só para ela ver. Sem compromisso.

A verdade é que a gente não sabia que Anali era tão boa vendedora. Ou tão idealista, talvez. O médico tinha dito que não, mas ela não se dava por vencida. Também o doutor percebeu isso, e disse à mãe dela:

— Esta sua filha é uma vendedora nata. Quase me convenceu.

Até aquele momento tudo tinha acontecido conforme se esperava. Sandrayú estava brincando com seu tubarão de pelúcia (que ela chamava de pururão-mau) e pedindo aos gritos um pirulito ("lululito!", "lululito, po favoooo!"), mas ninguém lhe dava muita atenção. Porém, no exato instante em que os dedos do doutor Santos roçaram os da Anali (que pegava o cartão com o e-mail), tudo mudou de rumo.

— Espera, Anali, vem aqui.

Tinha feito cara de preocupação e agora estava tocando sua testa com a palma da mão.

— Você está com um pouco de febre, sabia? Sente-se bem?

Anali levantou os ombros.

— Estou com um pouco de calor.

Doutor Santos sacou o termômetro e pediu que ela levantasse o braço.

— Esta menina já teve catapora? — perguntou à mãe dela.

— Não — disse a mãe da Anali, com a cara de preocupação que costuma ser normal nesses casos.

— E vocês duas?

— Ai, não me lembro.

Começou outro controle de rotina. Vocês já sabem: garganta, barriga, ouvidos, enfim... checagem geral.

— Então tomem algumas precauções, porque catapora é pior para adultos do que para as crianças.

Começamos a lamentar nossa presença ali. Não só não tínhamos conseguido dar de presente um gato, como também, ao que parecia, nossa amiga estava com catapora. E isso significava mais uma ausência na nossa festa de fim de ano.

Quando o médico olhou o termômetro, se confirmaram todos os nossos temores: Anali estava com febre. Febre. A pior palavra do dicionário nas férias, e uma das melhores durante as aulas. Febre, que chatice. E agora?

— Acho que você deveria ficar em casa esta tarde — disse o doutor Santos — até a gente ver como isso evolui. Eu volto amanhã.

Pois sim. Quem dera a gente não tivesse ido!

O otimismo, como sempre, ficou por conta da nossa amiga Anali, que é impermeável ao desânimo:

— Vocês vão ver como ele vai acabar levando um gatinho.

Acho que ninguém vai achar estranho se eu disser que a gente não acreditava muito nisso.

Como se passa uma tarde de inverno, fria, escura e cheia de luzinhas e ecos de canções natalinas, quando uma das suas melhores amigas tem que ficar em casa porque está doente e a outra tem que ficar em casa porque está de castigo? Júlia (e a avó dela) se encarregou de resolver essa interrogação:

— Minha avó disse que Lílian está com vontade de ir ao cinema. E eu vou ter que levá-la.

— Caramba, como se ela tivesse cinco anos. Ela não tem amigos?

De imediato percebi o absurdo da pergunta que eu tinha acabado de fazer. Estava claro que alguém como Lílian não podia ter amigos, pelo menos nesta galáxia.

— O pior é que eu já sei por que ela quer ir ao cinema. Pretende fazer a mesma coisa que da outra vez.

— Está certo, que faça — disse eu, enquanto começava a me ocorrer uma das minhas idéias loucas.

— É, mas o problema é que, se acontecer alguma coisa com ela, sou eu que vou ter que agüentar. E você já sabe como andam os ânimos aqui em casa — acrescentou Júlia.

Tinha razão. No entanto, o que eu estava tramando eliminava todas essas preocupações. Não quis dizer nada a Júlia. Preferia que fosse uma espécie de surpresa.

— Além do mais — ela acrescentou —, duvido que você adivinhe que filme ela quer ver. Nada menos que o último do *Pin Chan*. Eca. Vou ficar doente de nojo e vamos ter que chamar o doutor Santos lá do cinema mesmo.

Perfeito. Tudo aquilo era ideal para os meus planos.

— Diga a ela que sim. A gente vai ao cinema e assiste àquela chatice para crianças pequenas. Você vai ver como vai ser uma das melhores tardes das nossas vidas.

O silêncio da Júlia parecia querer me dizer: "Mas você ficou louca ou o quê?" Então tive que acrescentar:

— Vai, confia em mim.

Passei grande parte da hora da sesta na função de fotógrafa. Primeiro, preparei os meus modelos: penteei pessoalmente todos e cada um dos dias da semana. Quinta se mostrou o mais mal-agradecido, porque, enquanto eu me esforçava para que ele ficasse bonito, não fazia mais do que me mostrar as unhas e grunhir como um tigre anão. Procurando nas gavetas, encontrei fitas coloridas, dessas que se usam para fazer laços nos presentes. Tudo se encaixava. Afinal, meus gatinhos também eram presentes.

Escolhi bem as cores. Fita amarela para Segunda e Sábado. Verde para Terça e Quarta. Vermelha para Sexta e Domingo. E o rebelde do Quinta eu distingui com uma fita violeta das mais chamativas.

Logo veio a parte mais complicada do trabalho: conseguir fazer com que eles posassem para a foto.

Vocês sabem como se faz para tirar uma foto de sete bolas de pêlo que não param de correr de um lado a outro? Eu também não. Nem no sofá consegui fazer com que ficassem parados e olhassem para mim por um segundo. Não tinha jeito. Eu já estava começando a me desesperar (e tinha tirado umas vinte fotos, todas tremidas, incompletas ou péssimas) quando finalmente consegui resolver o assunto. Sabem como eu fiz? Tive uma das minhas maravilhosas idéias!

Logo, logo contarei a vocês!

A catapora não tira férias

Uma surpresa para depois do almoço: Raquel em pessoa tocando a campainha. Encontrou-me com a câmera na mão, muito contente com o resultado da sessão de fotos a que tinha submetido toda a descendência da Roxi. Logo que ela entrou eu já mostrei as fotos a nossa amiga bruxa do bem.

— Boa idéia! — exclamou. — Nunca teria pensado em meter os gatinhos na banheira para que não escapassem!

A verdade é que aquela resolução tinha me facilitado muito as coisas. Somente na banheira consegui fazer com que eles ficassem juntos durante tempo suficiente para eu apertar o botão e tirar um par de fotografias.

Raquel me ajudou a escolher a melhor. Uma em que apareciam todos, com exceção de Quinta — claro — e Sábado, olhando para a câmera com cara de gatinhos bondosos que jamais quebraram um prato. Genial.

— Eu mandaria esta — disse ela, depois que lhe contei o compromisso da Anali com o doutor Santos.

Sou hábil com as máquinas fotográficas e quase não precisei de ajuda. Retocamos um pouquinho a foto para que não se notasse tanto o lugar onde eu tivera de colocar a tropa felina (um fundo estampado com quadrinhos azuis conseguiu fazer com que a banheira parecesse quase um sofá) e já estava pronta para cruzar o ciberespaço até o computador do médico da Anali e da Sandrayú.

No texto que tem de acompanhar todas as mensagens de correio eletrônico, escrevi, seguindo os sábios conselhos da minha amiga de olhos puxados: "Para Paula, da Roxi, a mãe dos 7." Anali chama tudo isso de "estratégias de marketing". Ela deve saber o que está fazendo.

— Pronto — suspirei quando li na tela "e-mail enviado".

Então me perguntei o que poderia querer Raquel vindo me visitar. Nunca até aquele dia ela tinha feito isso. Uma vez fora à casa da Anali, mas só porque se tratava de um caso urgente em que magia era imprescindível. Em todos os nossos encontros, sempre fomos ao seu ateliê, aquele lugar mágico e repleto de bugigangas onde ela mora sozinha, com o gato

Uj e sua imaginação para juntar contas coloridas de mil maneiras diferentes.

— Vim justamente por causa dos gatos — disse ela. — Afinal, também são filhos do Uj. Acho justo que eu te ajude a dá-los, se você quiser. E também estou pensando em ficar com um. Acho que Uj gostaria de um pouco de companhia.

Suas palavras me alegraram muito. Finalmente havia alguém disposto a adotar um dos membros daquela cambada incontrolável. E não era uma pessoa qualquer, e sim um membro da "família". Os gatinhos podiam considerá-la mais ou menos como sua avó. Assim como eu, que engraçado!

Ficamos um tempo brincando com os gatinhos. Roxi estava encantada com a visita que tínhamos recebido e cada um dos filhotes parecia disposto a fazer um bom papel na frente da Raquel para ser escolhido. Em sua presença, até Quinta modificou seu jeito de ser.

— São todos muito bonitos — disse ela, antes de se despedir. — Merecem o melhor. Uma boa família que os acolha.

Por falar em famílias dispostas a acolhê-los, duvido que vocês adivinhem quem disse que queria um gatinho. A última pessoa no mundo a quem eu teria oferecido um: Lílian. Disse isso naquela tarde, quando caminhávamos em direção ao cinema.

— Teresa disse que você está dando gatos, Lisa, e que ela não se importa de eu ficar com um.

Fingi que não tinha ouvido, mas não colou:

— Você não está me escutando? Estou dizendo que quero um gato.

Ainda bem que Júlia me socorreu. Eu estava paralisada pelo terror da idéia de que aquele monstro em forma de menina romena ficasse com um dos dias da semana.

— Já demos todos, que pena!

Lílian não voltou a abrir a boca até chegarmos no cinema. O cartaz do *Pin Chan*, na entrada, prometia grandes doses de bocejos. Não nos importou. Os nossos planos estavam muito claros. Cumprindo o previsto, cada uma escolheu sua poltrona. Aconteceu exatamente o que a gente esperava: Júlia e eu ficamos com dois assentos juntos na segunda fila. Lílian, em compensação, preferiu sentar-se mais atrás.

— Vocês não se importam, não é? É que na frente eu fico tonta.

"Está aí uma desculpa pouco elaborada", pensei, "pelo menos ela podia encontrar uma mais fácil de se acreditar."

Entramos no cinema e nos despedimos dela. Sentamos, como sempre, junto com nosso saquinho de pipoca e nossa Coca-Cola, como se o filme nos interessasse muito, e esperamos que terminassem as propagandas e os trailers sem pestanejar, mas sem perder de vista, disfarçadamente, de rabo de olho, o lugar que a romena ocupava. Não estávamos erradas. Assim que começou o filme, aconteceu a mesma coisa que da outra vez: Lílian se levantou e saiu da sala.

No entanto, desta vez não estávamos dispostas a correr riscos ou a passar o filme esperando a volta daquela estraga-prazeres egoísta. Assim que Lílian desapareceu da nossa vista, sem dizer nem uma palavra, Júlia e eu nos levantamos, esquecemos as pipocas, a Coca-Cola e o filme, e saímos atrás dela.

Brincar de detetive é muito divertido. Faz tempo que sabemos disso. Naquela tarde tivemos a chance de comprová-lo melhor do que nunca, perseguindo Lílian sem que ela nos visse, nos escondendo quando ela se virava para ver se alguém a tinha descoberto e caminhando com mais atenção quando aumentavam as suspeitas. Também não faltaram sustos, quando, em duas ocasiões, pensamos que a tínhamos perdido. Por sorte, foram falsos alarmes. Logo ela se convenceu de que ninguém a estava seguindo e continuou caminhando com enorme tranqüilidade durante uns dez minutos.

— Aonde ela vai? — se perguntava Júlia.

Também eu estava intrigada. A maior surpresa foi descobrir, ao virar a esquina, que Lílian estava entrando em um prédio. Era uma construção que parecia muito nova, um edifício de vários andares, de fachada de vidro, desses que parecem desenhados para serem visitados por executivos de gravata e maleta. No entanto, quando nos aproximamos da entrada e lemos o que estava escrito justo na parte superior da porta que Lílian acabara de cruzar, nossa surpresa e nosso desconcerto aumentaram. Estava escrito: *Centro de Alto Rendimento*. Não tínhamos a menor idéia do que aquilo significava.

Durante uns minutos, permanecemos junto à entrada, nos perguntando se podíamos entrar ali ou se alguém chamaria a nossa atenção e nos colocaria em evidência justo na frente daquela que pretendíamos pegar. Júlia se aproximou da entrada e observou com atenção. O vidro, um pouco fosco e de cor azul, facilitou essa tarefa:

— Há uma mulher atrás de um balcão e uma máquina de bebidas. E fotos de esportistas penduradas na parede.

Tentei me aproximar para comprovar isso tudo. Júlia tinha razão. A recepcionista parecia muito entediada. Durante quase vinte minutos, ninguém entrou ou saiu daquele lugar.

— Talvez a gente possa voltar amanhã e perguntar à moça entediada o que se faz por aqui — sugeriu Júlia.

Pareceu-me uma idéia muito boa. Já estávamos

indo embora, um pouco decepcionadas, quando as portas automáticas se abriram e surgiu uma pessoa que não me parecia totalmente desconhecida. Estava carregando uma mala esportiva e vestia um conjunto de nylon escuro e um boné. Era o mesmo homem que eu tinha visto em companhia da Lílian, no dia em que fui buscar meu pai no aeroporto.

Sem pensar duas vezes, me aproximei dele e perguntei:

— Você poderia me dizer o que se faz aí dentro, por favor?

Ele me olhou como se eu fosse um mosquito querendo picá-lo. Franziu um pouco a testa e me disse:

— Esporte.

E continuou andando, em um passo tão rápido que a gente descartou a idéia de correr atrás dele, interceptá-lo ou perguntar qualquer outra coisa.

Era melhor voltar ao cinema, convencer o senhor da porta a nos deixar passar outra vez (deu um pouco de trabalho e ele acabou nos dizendo que só faria aquilo porque tinha ido com a nossa cara), se resignar com o fato de alguém ter comido as nossas pipocas e bebido a nossa Coca-Cola e esperar até a volta da Lílian com cara de boa menina, três minutos antes de terminar aquela porcaria de filme.

— Passei muito tempo no banheiro — justificou-se. — Acho que alguma coisa que comi hoje me caiu mal.

Que mentirosa! E, no entanto, alguma coisa tinha mudado agora. A gente estava muito perto de descobrir o mistério das mentiras da Lílian.

Nossos negócios felinos também nos levaram ao encontro da Cléo, a costureira, uma amiga da Teresa especializada em fabricar trajes de cores muito chamativas e em escutar salsa toda vez que está triste. Naquele dia ela devia estar se sentindo muito melancólica, porque em seu ateliê estava tocando, a todo volume, um som dos mais escandalosos. *A negra vai se casar/ com um negro gorducho/ a negra me quer muito / tem vontade de chorar.*

A julgar pelo escandaloso cumprimento que nos dedicou, Cléo estava muito contente de nos ver.

— Vocês nunca vêm ver a louca da Cléo, desgarradas. E Anali? Está de novo em Pequim?

— Está com catapora — explicamos.

— Caraca, isso não é nenhum destino exótico, que desgraça. Vocês aceitariam um chá?

Cléo faz o melhor chá do mundo. Eu não sabia como era gostoso beber chá até que ela me obrigou a tomar uma xícara. Foi uma experiência inesquecível, que só se repete em seu ateliê de costura.

— Vi você toda bonitona na televisão — disse, da cozinha, em voz bastante alta.

Não respondi. Suponho que já saibam por quê. Durante um bom tempo, Cléo nos submeteu a um interrogatório familiar. Queria saber como estavam todas as pessoas que conhecemos em comum. Somente quando sua curiosidade ficou satisfeita, ela perguntou:

— Vocês vieram para que eu lhes faça uma roupa? Acabam de chegar uns tecidos lindos. Acho que estão por aqui...

Vasculhava entre umas pilhas de roupa. Por experiência, sabíamos que em qualquer uma delas podia se esconder um tesouro.

— Não, Cléo, hoje a gente não quer roupa. De qualquer modo, se quiséssemos, seria melhor deixar passar as festas de fim de ano, não é?

— Sim, claro. Depois do Natal ninguém cabe nas próprias roupas. Vocês têm toda a razão, garotas. Então o que é? Em que posso ajudar?

— Você quer um gato? — soltou Júlia, sem aviso prévio.

Cléo piscou duas vezes antes de responder com outra pergunta.

— De que idade?

— Um mês e meio.

— De que raça?

Nos olhamos, surpresas. Ela estendeu em nossa direção um dedo com uma unha comprida e sem esmalte:

— Ah, agora eu peguei vocês.

— São ruivos — informei.

— Ruivos... — suspirou Cléo, como se esse detalhe tivesse tornado necessário subir de novo o volume da música — adoro os ruivos.

— A gente tem uma foto — disse eu de repente, desdobrando a folha de papel onde estava impressa a imagem da banheira.

Ela olhou espremendo os olhos e sem dizer nada.

— Nunca tive um gato. E se ele resolver comer o canário?

Esclarecemos algumas de suas dúvidas mais estranhas: que os gatos comem comida para gato (enlatada, que se vende no supermercado) e não canários, que não é preciso levá-los para passear na rua para fazerem suas necessidades porque eles as fazem em uma caixa de areia que se coloca em qualquer canto, que também não é preciso dar banho neles porque eles mesmos se lambem até ficarem reluzentes, que é possível saber quando estão à vontade porque ronroneiam e se esticam, que de vez em quando fazem uma excursão pelos telhados do bairro. Estas e outras informações foram passadas, até completar uma espécie de manual de instruções para gatos e gatas por cortesia das maiores especialistas no assunto: nós.

Surtiu efeito.

— De acordo. Fico com um. Melhor uma gata, se possível.

Claro. Contei-lhe sobre Quarta, Sexta e Sábado, as três opções disponíveis no momento. Ela não teve dúvidas:

— Melhor Quarta, então. Não me dou muito bem com os fins-de-semana. Vocês podem trazê-la depois de amanhã? Amanhã eu tenho um compromisso.

Quando saímos da casa da Cléo estávamos eufóricas e tínhamos tanta vontade de contar a Anali o que tinha se passado naquele dia tão cheio de acontecimentos que não conseguimos resistir à tentação de ir vê-la. A mãe dela abriu a porta.

— Sinto muito, meninas. Anali não pode receber visitas. Está com um pouco de febre, já jantou e se meteu na cama. Não faz nem cinco minutos que fui ver como ela estava e vi que tinha dormido. Sinto muito. Voltem amanhã.

"Amanhã" era o último dia do ano. Júlia continuava de castigo, a catapora não parecia disposta a entrar de férias e eu já me imaginava montando uma festa com Roxi e seus gatinhos, a não ser que as coisas se ajeitassem muito depressa.

Exemplo de como o último dia do ano pode começar muito mal:

O telefone toca e toca sem descanso. Em sonho, imagino que é a buzina de um barco que voa até

Nova York, onde meu pai está me esperando em um restaurante russo, indiano, catalão ou algum outro tão exótico quanto. Mas não. Logo volto ao mundo real e me dou conta de que aquele barulho incômodo que me arrancou da cama está saindo do meu celular, soando sob o comando de alguém com uma insistência tenaz e uma perseverança admirável. Na tela, não reconheço o número. Atendo. Ou, dito de outra maneira: mordo o anzol.

— Oi, Lisa. Você estava dormindo?

— Não — minto, antes de saber a quem pertence a voz que fala do outro lado da linha.

— Ótimo. É o Guilherme. Você disse que me ligaria.

Horror. Se soubesse, nunca teria atendido.

— Mm... siiim. É que peguei catapora. É muito contagiosa.

— Eu sei. Eu tive catapora há dois anos. Estou imunizado. Você estava filmando algum comercial?

"Esse menino está obcecado", penso. "Propagandomania", obsessão por tudo o que tenha a ver com uma filmagem, um foco ou uma câmera. Uma doença como outra qualquer, que só afeta os que têm carência de neurônios.

— Não. Estava dormindo. Você me acordou.

— A essa hora? Já passa das dez.

— Pensei que estávamos de férias.

— E eu pensei que você estava fazendo propagandas.

— Não gosto de fazer propagandas. Nunca mais vou fazer nenhuma. Sinto decepcionar você. Tchau.

— Espera, espera, espera. Lisa, por favor, espera.

— O que você quer? — o meu tom era o menos simpático que vocês possam imaginar.

— Vai me ligar? Você disse que me ligaria.

Realmente, esse garoto não tem jeito. Desliguei o telefone e fui à cozinha preparar para mim mesma uma grande xícara de leite quentinho. Eu estava quase congelando. Nem mesmo a raiva que eu sempre sinto ao falar com o Guilherme conseguia me dar algum calor.

Enquanto a xícara com meu leite dava voltas e mais voltas em cima do prato giratório do microondas, o telefone voltou a tocar. De novo um número desconhecido. Atendi de má vontade. Do outro lado, aguardava outra das pessoas de quem menos gosto nesse mundo.

— Oi, princesa, é Victor Barbadillo. Você se lembra de mim?

Claro. Não é fácil de esquecer Victor Barbadillo. Com suas costeletas, suas correntes de ouro e suas camisas a ponto de arrebentar. Era o proprietário da agência de modelos para a qual eu não trabalho mais. O responsável por aquela idiotice da fedorenta colônia Caramba.

— Então, como andam as coisas? Está de férias? Estou incomodando? Podemos conversar por um segundo?

— Claro — respondi, colocando açúcar no leite.

— Olha, princesa, sua mãe me disse que você ficou bastante incomodada com a história daquela colônia, como é que se chama?

— Caramba.

— Isso mesmo. A colônia Caramba é mais que lavanda, era isso? Mais ou menos, não é? Já estou começando a lembrar. Bom, princesa, prometi a sua mãe que iria ligar para você só para explicar como foram as coisas. É possível que a gente tenha esquecido de ligar antes, mas as coisas são tão corridas que é inevitável que acabem acontecendo essas coisas, de verdade. Com mais freqüência do que eu gostaria que acontecessem, mas o que se pode fazer? Fico muito preocupado que você fique brava com a gente, Lisa, princesa. Nunca se sabe o que pode acontecer no dia de amanhã.

Eu o escutava olhando os sete gatinhos da Roxi escalarem o sofá do meu irmão, cravando suas unhas no tecido e enchendo as almofadas acolchoadas de pêlos. Felizmente Artur ainda demoraria três dias para voltar. Para falar a verdade, me interessava muito mais o que estavam fazendo os meus gatos do que aquilo que Barbadillo estava me dizendo. Além do mais, não sei por que, mas sempre foi difícil, para mim, entender aquele homem. Ele fala, fala, fala e eu, enquanto isso, fico me perguntando de que raios ele está falando. É como se ele utilizasse outro dialeto.

Comecei a brincar com Roxi, como costumava fazer toda manhã quando acordávamos na casa dos meus pais, bastante alheia às palavras que soavam no telefone. Foi assim que, por acaso, descobri uma pequena bolinha na precária cama da Roxi. Uma bola laranja. Ou melhor, entre laranja e vermelho. Parecia de vidro. Eu não tinha a menor idéia do que podia ser ou de onde tinha saído.

— Que é isso, linda? — perguntei, entre sussurros.

Barbadillo continuava em sua chatice telefônica:

— ...e legalmente nossa empresa tem os direitos de reprodução, claro, sempre e quando se chega a um acordo com a empresa que anuncia e todos os envolvidos estão de acordo para chegar a algo satisfatório...

Eu ainda demoraria um tempo para entender o que Barbadillo nunca em toda a sua vida teria dito: alguém tinha se esquecido de fazer uma ligação antes que o anúncio voltasse ao ar e agora ele teria um problema legal que podia ser bastante pesado se eu me empenhasse em ficar brava de verdade. Tudo isso eu soube, com todos os detalhes, umas horas mais tarde, quando meu pai me explicou. Naquele momento apenas percebi que Barbadillo estava preocupado, muito preocupado. Tanto, que faria o que eu pedisse. Decidi me aproveitar da situação:

— Esqueço tudo se você ficar com um gato — disse eu.

Ficou claro que ele não estava esperando uma coisa dessas.

— Um gato? — perguntou, atônito.

— Não. Melhor dois.

— Dois gatos? Mas, mas, por que dois gatos?

— Sim ou não?

O que vocês acham que ele respondeu? Até se ofereceu para buscá-los no dia seguinte, às cinco, em frente à chocolateria. Nesse momento, os métodos de venda da Anali já não me pareciam tão invejáveis.

Se existe algo de positivo em se entregar freneticamente às detestáveis tarefas domésticas é o fato de que isso torna possível fazer grandes descobertas.

Foi exatamente isso que aprendi depois de passar um bom pedaço da última manhã do ano varrendo um pouco a casa. Que fique claro: eu não estava fazendo aquilo pensando no meu irmão (ele não liga para imundície), e sim nas minhas inseparáveis. Algo me dizia que a festa que tínhamos programado, depois de tudo, não ia ser tão frustrante assim. Deve ser porque ainda acredito em milagres.

Ao meter a vassoura debaixo da cama, como, certa vez, Vicenta me ensinou que precisa ser feito para que não apareçam bolas de pêlo do tamanho de cordeiros, senti que estava arrastando alguma coisa. Um papel. Ou uma cartolina.

Era uma foto. Suja, um pouco amassada, riscada de tanto ser arrastada pelo chão, mas bem explícita. Nela se via Papai Noel, orgulhoso e sorridente. Um Papai Noel qualquer? Não! Exatamente o mesmo Papai Noel que nos tinha perseguido durante nossas aventuras nas grandes lojas.

E o que estava fazendo ali a foto precisamente *daquele* Papai Noel? A resposta a essa pergunta é, sem dúvida, das mais sagazes. Eu só vou dar uma pista: nos olhos claros daquele homenzinho, escondidos atrás da barba branca postiça, brilhava um não sei quê que me era muito familiar.

As coisas boas também podem acontecer todas de uma vez

Já era hora de as coisas começarem a se ajeitar. Enquanto eu varria a casa como se disso dependessem as notas do próximo semestre, Teresa estava fazendo uma visita à neta. Tinha conversado com Lílian (só com essa frase já dava para começar a tremer sem precisar ouvir o resto da história) e tinha "esclarecido as coisas". Isso foi o que Teresa disse. E quando Júlia já temia o pior (isto é, que o castigo dela fosse estendido por mais uns três anos), a avó acrescentou:

— Eu sei que ontem à tarde vocês se comportaram muito bem com ela. E que, além do mais, vão lhe dar um gatinho. Ela está muito contente.

Quando Júlia ia desmentir aquelas informações, Teresa acrescentou:

— E eu também, filhinha, eu também. Não esperava menos de você e das suas amigas.

Imagino Júlia, nesse momento, soltando um longo suspiro de resignação e pensando que, para ser prática uma vez na vida e não ficar sem festa naquela noite, o melhor era ficar calada. Na mesma hora, sua mãe saiu da cozinha. Tinha escutado tudo (as mães parecem ter o triplo de ouvidos das pessoas normais, ou um poder sobrenatural que lhes permite multiplicar as faculdades do par que lhes foi atribuído) e estava disposta a demonstrar à filha que não tinha se enganado:

— Eu também sabia que você não me decepcionaria, Júlia.

Que cena mais detestável! Só de contar já sinto o corpo inteiro começando a coçar. Porém agora vem a parte boa. O momento em que a mãe da Júlia decidiu encerrar o castigo da filha:

— Para você ver como estou contente, vou deixar você ir hoje à noite à sua festa de fim de ano.

Júlia já estava a ponto de pular de alegria quando chegou a segunda parte. Nesse tipo de coisas, sempre existe uma segunda parte planejada para estragar um pouco a primeira:

— Mas com uma condição — acrescentou a mãe, lançando um olhar em direção à Teresa — que Lílian também seja convidada.

— Lílian? Nãaaao — protestou a Júlia. — É uma festa íntima.

— Bom, não vai ser menos íntima só porque Lílian vai, não é? Ela é da idade de vocês e não pode ficar em casa enquanto vocês se divertem.

De novo Júlia entendeu que o melhor era ficar quieta e aceitar as condições impostas.

— Está bom — disse.

Quando ela me contou tudo, quase tive um treco.

— Eu não vou deixar aquela menina entrar na minha casa — repliquei. — Bom, na casa do meu irmão. E muito menos vou dar a ela um dos filhinhos da Roxi. Vai saber o que ela quer fazer com ele. Pode acabar querendo lanchar o bichinho no café-da-manhã. Pelo que ela come, não me pareceria estranho.

Certo, certo, reconheço que exagerei um pouquinho. Tudo foi por causa da raiva. De onde ela tirou a idéia de que iríamos lhe dar um gato? Eu não tinha dito nada disso.

Júlia só queria ver o lado bom da coisa:

— Mas a gente vai poder fazer a nossa festa de despedida do ano. Agora só falta Anali. É só a catapora resolver cancelar o castigo dela e pronto.

Decidimos investigar sobre o assunto. Encontramos nossa amiga de pijama, brincando com Sandrayú no tapete do quarto. Estavam tentando montar um quebra-cabeça, mas Sandrayú não parecia muito dedicada à tarefa. Estava segurando uma das peças em uma das mãozinhas, olhando-a com muita atenção, franzindo a sobrancelha e gritando com todas as forças uma só frase:

— Um coelho atrás do arbusto!

— Isso, Sandrayú, põe aqui, olha: este é o lugar dele. — Anali mostrava, com enorme paciência, o espaço onde devia ser colocada a peça.

Mas Sandrayú insistia, a todo pulmão:

— Um coelho atrás do arbusto!

— Como você está hoje? — perguntamos ao vê-la.

— Nesta manhã fiquei bem, mas ontem à noite estava pior. Daqui a pouco o doutor Santos virá aqui.

Trocamos um olhar carregado de intenções que significava: "Ah, quer dizer que a gente vai poder continuar com os nossos negócios felinos."

Atualizamos a Anali sobre tudo o que tinha acontecido: Cléo, Raquel, o castigo da Júlia, Lílian...

— Ela não vai nos incomodar — disse ela, procurando o lado positivo. — Vai passar a noite inteira no sofá, vendo televisão e comendo.

— Isso se a gente deixar ela entrar.

— É, e se ela não se mandar para aquele lugar esquisito.

— E, se não, a colocarmos de dieta. Seria bem feito para ela, por ser tão mentirosa.

O caso é que, fosse como fosse, também não

importava tanto. Éramos três contra uma e estávamos mais do que decididas a viver uma grande noite, com ou sem Lílian.

— Um coelho atrás do arbusto! — insistia Sandrayú, que continuava sem querer soltar a peça.

Consideramos que era um caso perdido e dedicamos um bom tempo ao planejamento da festa daquela noite. O jantar estava definido: pizza. Uma vez na vida, eu não fiz nenhuma objeção ao menu. Gosto de acreditar que tudo o que se come antes das doze badaladas não engorda nem um pouco. E, se engordar, temos o ano inteiro para nos livrarmos desses gramas a mais! Além disso, ainda está muito, muito longe da hora de usar biquíni.

A sobremesa não estava tão decidida: Júlia defendia um bolo de chocolate, um especial que se faz na Áustria (acho) e que tem um nome esquisito. Anali preferia nosso sorvete de chocolate com pedaços de chocolate, um clássico. Eu estava indecisa. Diante da imagem mental de tanto chocolate, era difícil pensar direito.

O doutor Santos nos encontrou jogadas no chão, Anali explicando à Júlia por que sorvete era melhor que bolo, Júlia nos chamando de ignorantes por não conhecermos sua famosíssima torta austríaca e Sandrayú repetindo, cada vez mais alto:

— Um coelho atrás do arbusto! Um coelho atrás do arbusto!

— Que reunião! — exclamou o médico, deixando a maleta no chão — Acho que as doentinhas já estão bem melhor.

Começou a exploração habitual: língua, garganta, barriga; língua, garganta, barriga et cetera.

— Isto está muito melhor — sentenciou, terminada a visita — mas Anali tem que se comportar durante alguns dias.

— Sobre isso eu queria falar com você, doutor — interrompeu a mãe das nossas amigas, aparecendo já com a bandeja de café. — A menina quer ir hoje à noite a uma festa de fim de ano que está organizando com as amigas.

— Onde é a festa? — quis saber o médico.

— No andar de cima. É do irmão da Lisa.

— Sim, mas agora ele está viajando — eu sorri.

— E vai ter muita gente na festa?

— Não muita — expliquei. — As Meninas Superpoderosas, também conhecidas como as Inseparáveis, isto é, nós três, uma chata que a gente vai ter que agüentar, além de sete gatinhos e da mãe deles.

— Puxa, que bela tropa. Se estiver chato em minha casa talvez eu apareça por lá.

Doutor Santos sentou-se e tomou sua xícara de café. Sandrayú abraçou uma das pernas dele e pareceu, de repente, muito interessada na colherinha prateada que descansava no canto do pires.

— Quer isso! — afirmava aos gritos — Quer isso! Quer isso!

(Como vocês já devem ter percebido, os tempos verbais ainda não eram a especialidade da Sandrayú.)

— Acho que você pode deixar a menina ir à tal festa de fim de ano — disse doutor Santos, sem incomodar-se com as aproximações da Sandrayú — desde que ela não abuse das suas energias e, se estiver mal, volte para casa.

O plano parecia fantástico. E ainda melhor foi o que veio depois.

— Recebi a foto dos gatinhos de vocês, meninas. São muito bonitos. Até minha mulher concordou. Pena que cresçam.

Nenhuma de nós três respondeu. Talvez por estarmos pensando no significado dessa última frase. Diante do nosso silêncio, o médico prosseguiu:

— São limpos esses gatinhos?

— Claro — saltei eu. — Os gatos são muito limpos. Não precisa nem dar banho neles, eles mesmos se lavam. E não precisa levá-los para passear, porque fazem suas necessidades em...

— Minha filha vai adorar — acrescentou. — Qual é o mais bonito?

Eis aí uma pergunta que a gente não esperava. Ou todos os filhos da Roxi me despertavam a mesma simpatia ou eu não tinha parado para olhar com atenção suficiente para escolher o mais bonito ou o menos agraciado.

— Não sei, mas a gente descobre hoje à noite — disse eu.

— De acordo, então. Quero o mais bonito. Depois de amanhã, quando eu vier ver essas duas senhoritas, aproveito para levá-lo. Espero que ainda haja exemplares disponíveis.

Decidi, tendo chegado nesse ponto, dar uma de difícil:

— Mmmm... não sei. Tenho muitos interessados. Se demorar mais, não sei se vou poder dar um a você.

Perfeito. Os assuntos felinos andavam bem, a catapora parecia domesticada, o castigo tinha evaporado... se não fosse pelo ponto negro que era Lílian, seria possível dizer que a vida era cor-de-rosa.

Sandrayú me deu razão com um grito de guerra:

— Um coelho atrás do arbusto!

A televisão, na época do Natal, é horrível. Anúncios de sorteios protagonizados por senhores calvos e feios, de torrone, de champanhe, de lojas de departamento (nunca dizem que, se você for a uma delas, não vai poder andar por causa da multidão amontoada), de brinquedos, de colônias (em que todo mundo parece bonito e mal cheiroso), de produtos que emagrecem (em que todo mundo parece gordo, talvez porque seja verdade). Papai Noel aparece até na sopa e, no meio de toda essa confusão, eu bem pequena anunciando a colônia Caramba. Que nojo!

Desliguei a TV pra não ficar louca e liguei o som. Júlia tinha deixado comigo um de seus discos estranhos.

— Essa banda é alucinante, escuta para ver.

O grupo se chamava *Doce Líquido*. Júlia me disse que era mexicano. As músicas tinham nomes esquisitos.

Eu tinha acabado de tombar no sofá quando tocou o telefone. Tive vontade de não dar importância e deixá-lo tocar, mas pensei que podia ser meu pai e atendi quando estava a ponto de entrar na secretária eletrônica. Errei só em parte. Era a responsável pela minha paixão pelo meu pai. Isto é, minha mãe. Tinha encontrado um buraco na agenda para se interessar por sua única filha e seus planos para uma das noites mais fantásticas do ano. Aquilo foi menos uma conversa do que um interrogatório.

— O que vocês vão comer hoje à noite?

— Pizza.

— Mais nada?

— Uma tamanho família com duplo queijo. Vamos comer como búfalas. E Júlia vai fazer uma torta de nome estranho. Austríaca.

— Deve ser um Sacher — disse mamãe, uma especialista em coisas estranhas.

— É, acho que é isso.

— É muito gostosa, você vai ver. E quem vai estar aí?

— Júlia, Anali, pode ser que venha a chata da...

— Refiro-me a pessoas adultas — pontuou mamãe.

— Ninguém. Todo mundo confia na gente. E não é por acaso: somos muito boazinhas.

— Então estamos lascados. Lisa, posso confiar em você? Promete que vai comer?

— Mãe, a festa é justamente um jantar.

— Sei, sei. Quando tem pizza você se torna uma maníaca.

— Não no fim do ano, mãe.

— Gosto de ouvir você dizer isso, querida. Mas me promete outra coisa.

Aquela conversa já começava a esgotar a minha paciência.

— Faaaaala.

— Promete que vai limpar o apartamento antes que o Artur volte? Suas amiguinhas podem te ajudar, não?

Odeio esse jeito que minha mãe tem de chamar as minhas amigas de "amiguinhas", como se a gente ainda estivesse no jardim de infância.

— Dá na mesma, mãe, o Artur nem vê a sujeira.

— Isso não é assunto seu, Lisa. As coisas devem ser deixadas do jeito que você gostaria de encontrá-las.

Sim, isso eu já sei. Ela repete essa frase cem vezes por semana.

— E promete que não vai sair daí sem a permissão dos pais da Júlia ou da Anali.

— Sim, mãe, prometo. Mas acho que a gente não vai sair — estava pensando na catapora da Anali, mas preferi omitir esse detalhe.

— Verdade?

— Verdaaaade, mãe. Vai, fica tranqüila e me deixa em paz.

— Perfeito, filha. Aproveite muito esta noite. Você tem certeza que não prefere que Vicenta leve uns canapés para vocês? Temos de salmão, de aspargos, de queijo de cabra, de caldo de anchova, de *sobrasada*, de...

— Tenho certeza, mãe. A gente prefere pizza.

Finalmente ela se deu por vencida e desligou. Caldo de anchova? Queijo de cabra? Salmão, aspargos, *sobrasada*? Afe, ainda bem alguém inventou a pizza. E ainda bem que existe alguém que pode entregá-las em domicílio para aqueles que preferem comidas gostosas.

Decidido: aquela ia ser uma noite fantástica.

Contudo ainda faltavam algumas coisas a fazer antes que chegasse a noite. Disquei o número da Júlia:

— Você está lembrada de que a gente tinha ficado de visitar aquele lugar estranho que Lílian freqüenta? — perguntei, assim que ouvi do outro lado a voz da minha amiga.

A resposta dela me desconcertou:

— Oooooooi, Eeeeeeliiiii, tudo bem?

— Júlia? Está acontecendo alguma coisa com você?

E, de novo, uma resposta que não estava no roteiro:

— Imaginei que você fosse gostar. Quando quiser eu deixo com você o disco de um outro grupo parecido. Chama-se *Fuça*. Também é muito bom.

Falava como se alguém estivesse dando corda nela. Ou como se estivesse louca. Não parecia ela. Ao fundo, parecia haver mais vozes, o que dava a impressão de que a minha ligação tinha interrompido uma espécie de reunião familiar.

— Seu telefone está funcionando mal, Júlia?

As vozes do fundo se abafaram um pouco. Minha amiga baixou a voz para dizer, tão rápido que por pouco eu não entendo nem meia palavra:

— Não, besta, é que minha avó está aqui com você já sabe quem. Vai sozinha, por favor. Eu quero saber o que ela faz lá.

— Você não consegue escapar?

Outra vez se aproximaram as vozes e ela voltou à atuação. Fazia uma interpretação de primeira. Se estivesse ao meu alcance, proporia o nome dela como candidata ao Oscar de melhor atriz.

— Não, não, não, não precisa devolver hoje. Pode escutar outras vezes.

Para não ficar louca por causa do telefone em todas as suas modalidades, decidi dar um passeio até o lugar aonde Lílian tinha ido no outro dia. Era um lugar realmente impressionante. Olhei de fora, perguntando-me o que se escondia atrás daquelas paredes de vidro e daquelas portas automáticas. Cinco andares ao todo. E uns dizeres misteriosos: *Centro de Alto Rendimento*. Decidi entrar. Se o que a gente pretendia era averiguar alguma coisa, não ia ser possível fazer isso olhando de fora. Lembrei o que nos tinha dito o homem de boné: ali se praticavam esportes. Fiz a minha melhor cara de pau.

Cheguei perto do balcão, onde a loira com grande cara de tédio folheava uma revista, e disse:

— Vim para me matricular.

(Advertência: a partir deste momento começa uma conversa absurda que ninguém, nem eu e talvez nem mesmo a loira entediada, é capaz de entender.)

— Certo — deixou a revista de lado. — Você trouxe a documentação?

— Entreguei ontem — menti. — Não está por aí?

— Hummm... — cara de preocupação da loira, enquanto se esforçava procurando em uma gaveta — não consigo encontrar. Você deixou com a minha colega da manhã?

— Sim, exatamente! — exclamei.

— Então vou ter que ligar para ela, para ver onde foi parar. Você lembra se ela pegou uma pasta verde?

— Acho que não — disse eu, muito firme.

— Bom, dá na mesma. Vou começar uma ficha nova.

"Ai, ai, ai", pensei eu, que começava a perceber a confusão em que estava me metendo.

— Na verdade, posso esperar até amanhã — disse eu. — Eu só vim ver o professor. — Esta última parte eu disse pensando no homem do boné e só para ver se acertava.

— Deve ser o treinador — corrigiu ela.

— Isso, o treinador!

— Que treinador? — me perguntou então, tornando as coisas mais difíceis.

— Não lembro o nome que me disseram — fingi que procurava alguma coisa no bolso. — Anotei em um papel. Era alguma coisa como João, ou José. Acho que o sobrenome era Garcia — nesse ponto intercalei um gesto de cansaço, como se me estivesse dando por vencida, e acrescentei: — Sou um desastre. Não sei onde coloquei.

Na suposta busca desesperada pelos bolsos, tropecei várias vezes com a bolinha que eu tinha encontrado na cesta da Roxi. Eu tinha pego para mostrar às minhas inseparáveis, mas ao tocá-la tive a impressão de que podia me dar boa sorte.

Ela apertou os olhos e franziu a testa:

— Seria o Garcia Gutiérrez?

— Garcia Gutiérrez? — repeti, pensando que

aquele nome não combinava nem um pouco com o homem do boné — Pode ser. É, quase com certeza.

— Está treinando, você vai ter que esperar — informou.

— Está bem, vou esperar. — Não quis interromper a minha performance, mas começava a dar tudo por perdido. Estava indo para um canto, onde havia um par de poltronas, quando ela me disse:

— Pode entrar, se quiser. Mas já sabe: desde que não interrompa.

Nossa! Eu tinha conseguido.

— Obrigada! Muito obrigada! — respondi, com um entusiasmo tão grande que parecia que tinham me convidado para entrar em um parque de diversões.

Eu já estava quase na escada quando a loira voltou a falar comigo:

— Você é a menina da colônia Caramba, não é? Não sabia que também era ginasta. Qual é o seu aparelho?

Aparelho? Eu só conhecia um aparelho: aquele que se usa nos dentes. E esse eu tinha tirado no ano anterior. Ainda bem que consegui pensar em uma resposta rápida:

— É justamente sobre isso que eu vim conversar com o professor Garcia Gutiérrez. Ainda não sei muito bem.

— Boa sorte! — desejou-me ela, muito simpática.

Subi a escada com toda pressa, fugindo das perguntas da loira, que voltou à sua revista. Passei um bom tempo passeando à vontade por aquele lugar, sem que ninguém chamasse a minha atenção a não ser para perguntar se eu estava procurando alguém. Nesses casos (só dois), respondi, muito segura:

— Garcia Gutiérrez.

Nas duas vezes me informaram que ele estava treinando. Algo que, de qualquer forma, não era novidade.

Havia muitas meninas por ali, quase todas mais velhas que eu, ainda que também houvesse algumas da minha idade ou mais novas. Todas estavam muito concentradas nos seus exercícios de ginástica, além de muito bonitas com seus maiôs todos iguais. Era como se eu tivesse entrado na aula de educação física de uma escola de freiras, só que ali não havia freiras, e sim ginastas profissionais, fotografias de campeãs olímpicas por todas as paredes e treinadores que não pareciam nem um pouco dispostos a perder tempo. Cheguei a ver o homem do boné, sentado em uma grade, observando com atenção os exercícios que algumas meninas faziam com umas bolas de plástico em cima de uma espécie de tapete quadrado. Pareciam aquelas ginastas que aparecem na TV durante as Olimpíadas. Ou talvez de fato fossem elas próprias.

O que eu não conseguia entender era o que Lílian fazia naquele lugar. Ali mesmo defini o firme propósito de investigar.

12 uvas, 7 gatos, 3 amigas, uma bola e a barba do Papai Noel

Levante a mão a pessoa que não tiver nenhum hábito bobo relacionado à virada do ano: queimar papeizinhos, fazer pedidos, acender velas, fazer listas de boas intenções para o próximo ano, pronunciar o nome da pessoa que se quer conquistar, ou usar debaixo da roupa alguma coisa de cor vermelha. Isso para não falar dos estranhos costumes que as pessoas têm na hora de comer as uvas. Minha mãe, por exemplo, descasca 12 grãos de uva, um por um, meia hora antes da meia-noite. É como um ritual. Meu pai não suporta as sementes de uva. A avó da Júlia detesta uvas e prefere comer doze azeitonas. Enfim, cada um com as suas manias.

Nós, inseparáveis, devido à nossa festa especial de despedida do ano velho e de boas-vindas ao melhor ano das nossas vidas, decidimos realizar quase todos os rituais conhecidos. Os mais estranhos, como pôr canela para ferver durante umas horas para afastar de casa as discussões ou sair para passear com uma mala cheia de roupas para fazer com que o ano-novo seja repleto de viagens, deixamos para outra vez.

Anali — de pijama, mas com meias vermelhas — lia em voz alta todos os disparates que iam aparecendo na Internet. Enquanto isso, eu colocava a mesa e Júlia dava os últimos retoques no bolo de nome esquisito.

— Aqui tem alguns rituais excelentes: pôr moedas de ouro nos cantos dos quartos para que nunca falte dinheiro na casa; comer a cabeça de um peixe...

— Puá, que nojo — exclamou Júlia, da cozinha. — Para que serve isso?

— Não diz.

— Deve ser para atrair boa memória e tirar boas notas no colégio.

— Precisa contar as sementes de uva para saber quantos dias de sorte você vai ter no ano que vem. E aqui diz que, se você come manjericão, afugenta os maus espíritos.

— Há alguns que não vão embora nem com essas coisas — comentou Júlia.

As duas sabíamos a quem estava se referindo nossa amiga cozinheira, e viramos para olhar o sofá:

Lílian tinha vindo passar a noite com a gente, mas sem esquecer o discman. Assim que chegou instalou-se no sofá, com os fones de ouvido, e se isolou de nós em sua bolha particular.

— Fica quieta, louca, que ela pode ouvir você — fez notar Anali.

— Ela não ouviria nem uma bomba que explodisse ao seu lado. Você não está escutando a música? Está altíssima.

Realmente, era possível ouvir o ruído abafado que vinha dos ouvidos da Lílian. Acho que ela estava escutando o primeiro e único disco de um daqueles cantores que hoje deixam loucas todas as adolescentes do planeta e amanhã já não sobra ninguém para lembrar seu nome. David Gustabantes, ou coisa parecida.

Lílian não participou dos nossos preparativos. Não escreveu uma lista com as dez coisas que não queria deixar de fazer no ano seguinte.

— Noooossa, dez são demais. Deveriam ser cinco.

Entre os meus dez desejos não faltava um muito especial: viajar com meu pai para Nova York. A idéia, como vocês sabem, não era só minha. Também escrevi: "descobrir o segredo da Lílian". Combinamos de não mostrar as listas umas para as outras e de queimar o papel quando soassem as doze badaladas. Tínhamos lido que essa era a única maneira de garantir que os desejos seriam realizados. A segunda condição era que fossem dez desejos secretos. No entanto, suspeito que eu não tenha sido a única que colocou Lílian naquela lista. E o último da minha lista tinha a ver com minha gata e sua travessa descendência: "encontrar uma família para cada filhinho da Roxi."

Deixamos os três papeizinhos, dobrados várias vezes, em cima de um pratinho de cerâmica. Quando chegasse a hora, a gente veria todos arderem em chamas.

A pizza demorou um pouco para chegar. Na TV passava um desses programas em que todo muito está muito elegante e parece muito feliz. O entregador que nos trouxe a comida estranhou um pouco de nos ver ali, sozinhas e dispostas a jantar, mas acho que gostou dos nossos planos, porque disse:

— Que inveja eu sinto de vocês! Quem sabe não passo aqui na hora da sobremesa e participo da festa.

Lílian se armou de três pedaços de pizza e se instalou com eles no sofá, sem tirar os fones nem dar a menor importância para a gente. Em qualquer outra pessoa, esse comportamento teria nos incomodado, mas vindo dela a gente até agradecia: se ela não queria ter nada a ver com a gente, a gente também não tinha vontade de agüentar suas impertinências e, muito menos, suas traições. O episódio do chocolate tinha sido suficiente. Júlia ainda se queixava:

— Era a minha calça favorita e a mancha não sai nem com lixívia.

Na primeira parte do jantar falamos pouco; vocês sabem, quando a fome aperta (e estando a pizza tão suculenta), as palavras sobram. Depois do segundo pedaço, quando já começávamos a sonhar com a sobremesa, tivemos a idéia da noite: organizar um concurso de beleza felina para escolher o gato mais bonito, que daríamos ao doutor Santos.

A primeira missão era tentar fazer com que os filhos da Roxi desfilassem para o júri, composto pelas especialistas em felinos, Anali, Júlia e eu. Para conseguir a presença dos gatos na sala, Júlia fez uso de sua deliciosa sobremesa à base de chocolate. Nenhuma de nós três imaginava o quanto os gatos eram loucos por chocolate. O problema foi que logo não havia jeito de voltarem para junto da mãe e acabaram ficando os sete amontoados embaixo da mesa, esperando mais uma ração de sobremesa. Nós nos mantivemos firmes na nossa postura: observamos, fizemos anotações e não lhes demos nem uma migalha a mais da nossa torta Sacher que, de fato, estava de-li-cio-sa. A melhor que eu já provei. E também a melhor que já saiu das mãos da nossa amiga, a grande cozinheira Júlia. Até ela mesma reconheceu.

— Quando eu abrir meu próprio restaurante, essa vai ser a primeira sobremesa do menu — disse ela.

Lílian, lógico, permanecia completamente alheia às nossas coisas. E nós às dela, nem preciso dizer.

Depois de várias exibições dos gatinhos, nas quais se destacaram *Quarta*, por sua agilidade, e *Quinta*, por sua chatice (como de costume), o júri se retirou para deliberar. Decidimos dar valor não só à beleza física, pois que nisso estavam todos mais ou menos equilibrados, mas também à simpatia, ao arrojo e ao carinho que demonstrava cada um dos filhos da Roxi. Vale dizer que nem mesmo a gata conseguiu resistir a experimentar a sobremesa da Júlia, e começou a miar, com muito sentimento, em plena deliberação do júri. Acabou ganhando um pedaço de torta, claro. E, como todas as mães conhecem os seus filhos melhor do que ninguém, arrastou-o até sua cesta e comeu virada para parede, para que nenhuma de suas gulosas crias viesse filar um pouco.

A questão era difícil. O júri só chegou a uma decisão quando faltavam cinco minutos para a meia-noite. Isso me obrigou a fazer algumas corridas, para resgatar da geladeira a garrafa de champanhe sem álcool e os potes com as respectivas uvas. Lílian não quis comer uvas e disse: "a gente não tem esse costume no meu país." Ninguém entendeu por que, de repente, ela falava como se fosse mais romena do que nunca, mas não nos importamos. A votação felina definiu como ganhador retumbante e absoluto... tchan tchan tchan tchan... Domingo. Esse seria o sortudo que, a partir do dia seguinte, teria como mãe adotiva Paula, a filha mais nova do doutor Santos.

— Se apressa, que a apresentadora já está lá.

Como sempre, os apresentadores compareceram ao encontro habitual da Porta do Sol, protegidos por pesados agasalhos. Devia estar fazendo um frio impressionante, porque mesmo assim todos estavam bem encolhidos. No fundo, o relógio dourado, brilhante, luminoso... o relógio mais famoso do mundo (bom, talvez isso já seja dizer demais) estava a ponto de comemorar com muito barulho o fim do ano velho e o início de um novo ano. E nós, as Inseparáveis, esperávamos aquele momento com as taças cheias, as uvas na mão e os papeizinhos com os nossos desejos prestes a se queimarem para sempre. A encarregada de acender aquela pequena fogueira ia ser, também por votação popular, Anali.

— Lembrem-se de fazer um pedido, o mais importante! — acrescentou nossa amiga de olhos puxados.

— E não fechem os olhos durante as badaladas! — acrescentou Júlia.

— Não pode nem piscar? — perguntei eu, muito alterada.

— Ô, mulher. Piscar pode.

As badaladas chegaram para atiçar de vez os nossos nervos. Uma (os papéis, corre, corre, os papéis!), Duas (não acende! Vai, Anali, se apressa!), Três (estou engasgando!), Quatro (pronto! Olha como pega fogo!), Cinco (não cabem mais na boca!), Seis (Claro! Você tem que engolir uma por uma), Sete (alguém sabe quantas a gente já comeu?), Oito (eu não sei engolir e mastigar ao mesmo tempo), Nove (ô, idiota, não fala essas coisas senão eu começo a rir), Dez (Olhem o fogo, os papéis estão queimando), Onze (não vale deixar nenhuma ou vai dar azar) e Doze: Feliz ano-nooovoooooo!

Brindamos, nos abraçamos, pulamos. Eu nunca tinha passado um fim de ano tão emocionante quanto aquele. E acho que as minhas inseparáveis diriam a mesma coisa.

Depois das uvas, chegou um momento de reflexão. Foi a Júlia que olhou os gatinhos e disse:

— Vocês pararam para pensar que esta é a última noite que os gatinhos da Roxi estão passando todos juntos?

— Não vamos pensar em coisas tristes — replicou de imediato a Anali.

— Não é triste. Todos terão uma boa família adotiva. Os que ainda não têm, vão ter, porque a gente vai encontrar para eles.

— É verdade — reconheceu ela. — Por um momento fiquei triste. Como se a gente é que fosse se separar.

— Isso é impossível, Anali!

— Bom — disse eu, com toda a malícia, olhando para Lílian, que continuava sem nos dar atenção — dependendo a quem se refira esse pensamento talvez não seja tão ruim.

A gente não se atreveu a dizer em voz alta, mas estou certa, certíssima, de que nós três incluímos Lílian nos nossos desejos de fim de ano.

De repente, como se adivinhasse o que a gente estava pensando, Lílian tirou os alto-falantes, alongou o corpo para se livrar da preguiça e foi ao banheiro. Enquanto isso, as meninas estavam ligando para suas casas para desejar às suas famílias toda a felicidade do mundo. Ou seja: faziam a mesma coisa que 99,99% das pessoas fazem depois que os relógios marcam o fim da última hora de dezembro. Também fiz o mesmo: liguei para o celular da minha mãe — que, a julgar pelo ruído, devia estar cercada de histéricos — e para o telefone fixo cujo número meu pai havia deixado antes de viajar. Era um número estranho e muito comprido — sempre é assim quando se liga para o exterior, já estou acostumada — e acabei ditando tudo, dígito por dígito, a uma telefonista muito simpática. O nome é "chamada a cobrar". Isto é, eu ligo e meu pai paga. Uma mamata.

Eu estava falando ao telefone quando aconteceu uma coisa impressionante. Se eu estivesse no deserto pensaria que era uma miragem. Se estivesse em qualquer outro lugar, acreditaria que se tratava de uma alucinação. No entanto, eu tinha certeza de que não era nada disso. O que eu vi? Vocês nunca imaginariam! Lílian na TV. Vestida com um maiô branco, saltando e dando piruetas no ar do jeito que só sabem fazer as ginastas de verdade. No final ficava quieta, sorrindo, e uma voz masculina dizia: *Basta de dar piruetas para pagar a hipoteca. Banco Periférico é o seu banco.*

Avisei às minhas inseparáveis para que olhassem a tela e elas conseguiram vê-la durante uns três segundos.O suficiente para que aquela questão suscitasse um intenso debate logo que desliguei o telefone. A gente falava em voz baixa para que a interessada — que, a julgar pelo tempo que estava demorando, devia ter dormido na banheira — não pudesse nos ouvir.

— Acho que não era ela. A gente teria ficado sabendo. Deve ser alguém que parece muito com ela.

— Não! Ficaríamos sabendo como? Ela é a senhora dos mistérios. Eu acho que era ela.

— Tem certeza? Ela estava muito estranha — acrescentou Júlia, muito mais prudente do que de costume, com certeza porque temia as conseqüências que aquele fato podia acarretar para ela.

— Certeza absoluta — dizia eu, e era a pura verdade. — Sou muito boa fisionomista. Ela estava estranha porque estava maquiada e porque as câmeras fazem com que as pessoas pareçam mais gordas e mais feias do que são. Mas pode ter certeza de que era ela.

Talvez eu tenha subido um pouco demais o tom de voz, porque Lílian saiu do banheiro e ela tinha nos escutado.

— De quem vocês estão falando? — perguntou.

— Da sua propaganda para aquele banco. Periférico, sei lá.

Acho que aquilo a pegou de surpresa, mas ela tentou disfarçar.

— Ah, tá — disse, como se não fizesse diferença. — E então?

— E então o quê? — saltou Júlia — Teresa e Salvador sabem que você fez uma propaganda?

— Vou contar a eles — respondeu ela.

— E minha avó sabe algo sobre o centro de treinamento que você freqüenta?

Isso foi um golpe para ela. Por alguma razão, importava-lhe mais conservar em segredo o assunto do centro de treinamento do que o das propagandas.

— O quê? — defendeu-se. — Eu não freqüento lugar nenhum.

— Ah, não? Aonde você diz a eles que vai, mesmo? À biblioteca? Ao cinema? conversa... vou contar à minha avó aonde você vai de verdade.

— Ela não vai acreditar em você. Nunca acredita. Além do mais, você não tem nem idéia do que está falando.

— Ah, não? E quem é Garcia Gutiérrez? E o Centro de Alto Rendimento?

— A menina da propaganda não sou eu — disse ela, só porque começava a ficar encurralada (ou, talvez, a pensar nas conseqüências).

— Aposto que é — disse eu. — E, se for preciso, a gente averigua. Lembre-se de que fui eu que disse a você como se fazia para trabalhar com publicidade.

Aquilo foi um golpe para minhas inseparáveis, reconheço. Mas também para Lílian, que por alguma estranha razão tinha acreditado que eu não revelaria seu segredo. E realmente não teria revelado, se ela não tivesse começado a jogar sujo.

— Agora mesmo vou ligar para Teresa e você vai explicar para ela do que se trata todo esse mistério — disse Júlia.

— Não vou contar nada — respondeu Lílian.

— Então a gente vai. A gente sabe muito mais do que você imagina — continuou nossa amiga.

Tirou o telefone do gancho e estava disposta a discar o número da casa da avó quando Lílian foi embora dando uma sonora batida de porta. Escutamos seus passos retumbando pela escada e pensamos que não era hora de sair correndo atrás dela. Ela era grande o bastante para cometer suas próprias idiotices e a gente não queria nunca mais desempenhar o papel de anjo da guarda. Nem com ela nem com ninguém.

Assim que a avó atendeu o telefone, Júlia, muito segura, decidiu colocar todas as cartas na mesa.

— Por favor, vó, você se importaria de vir à casa do Artur? A gente tem umas coisas para contar a você.

Quantas coisas podem acontecer em uma noite como a do réveillon um pouquinho tocada pela magia? Muitas.

Que as avós se atrasem indefinidamente, por exemplo. E que, durante essa ausência inexplicável, ocorram mil coisas inesperadas. Por exemplo: às 00:31, horário local, tocou o interfone. Júlia atendeu e abriu a porta.

— Quem era? — perguntei.

— Não faço idéia. Perguntou por você. Voz de mulher.

Era Raquel. Não vinha para nos desejar um feliz ano-novo, nem para levar seu gato (ainda que essa fosse uma possibilidade). Ela tinha uma pergunta para nos fazer:

— Vocês encontraram um colar por aqui? Não sei onde o perdi e estou ficando louca.

As meninas ajudaram-na a procurar, enquanto eu lavava a louça do jantar (que ninguém pense que era para agradar minha mãe, nessa noite, não!). De repente, em uma bolha rebelde que quis escapar voando da pia, encontrei a inspiração que estava faltando para Raquel.

— Como era o colar? — perguntei, ainda da cozinha, enquanto procurava um pano para secar minhas mãos.

— De contas de vidro laranja.

Enfim soube a que e a quem pertencia aquela bola laranja que eu vinha carregando comigo há uns dias. Procurei no bolso da minha calça jeans.

— Como esta? — disse eu, mostrando.

Raquel a tomou entre os dedos com muito cuidado, como se temesse que quebrasse de uma hora para a outra.

— De onde você tirou? — quis saber ela. Não estava em nenhum colar.

— Puxa...

Raquel, que não parava de olhar a bolinha, parecia muito contrariada.

— É importante? — perguntou Anali.

— Muito. Era um colar muito especial. Fiz nele um feitiço único.

— Que tipo de feitiço? — continuou Anali.

— Ainda não sei. Não sei se deu certo. A única coisa que eu sei é que devia se ativar à meia-noite de hoje. — Ela virou na minha direção. — Você não notou nada de estranho depois da virada, Lisa?

Levantei os ombros. Não sabia o que dizer. Não sabia o que eu tinha que ter notado. Nem se tinha notado. Imaginei que a resposta, nesse caso, era não.

— Acho que não — disse.

Raquel se deixou cair no sofá, abatida.

— Talvez não tenha funcionado — disse — mas se eu não reunir o resto das contas, vai ficar difícil saber exatamente. Meu Deus, que desastre!

Ela levou as mãos à cabeça. Realmente, aquele assunto, fosse o que fosse, parecia muito grave.

— Quantas bolas a gente tem que encontrar? — perguntou Anali, fazendo-se dessa maneira participativa em relação ao problema da Raquel. Típico dela.

— São dez ao todo. Como saber onde estão?

Nesse momento, Roxi acomodou-se, depois de um salto ágil e estiloso, no colo da Raquel. Aquela visita inesperada pareceu agradar nossa amiga, a bruxa fabricante de colares.

— Oi, linda — cumprimentou. — Uj pergunta muito por você, sabia?

Segundo toque na campainha. Júlia abriu de novo.

— É a sua avó? — perguntei.

— Não.

— Quem é?

— Não quis dizer, mas a voz era muito familiar...

Era o Papai Noel em pessoa. Bom, não exatamente. Era meu irmão Artur, vestido com casaco e calça vermelhos de Papai Noel, com o gorro, as botas, o saco e a barba. Não faltava nem um detalhe. Nem mesmo o sino, que ele começou a fazer soar, com enorme escândalo, ali mesmo. Dentro do saco havia presentes para nós. Mas tenho que fazer uma observação: creiam ou não, nenhuma das minhas amigas o reconheceu de imediato.

Para Anali, um caderno novo.

— Que curioso, esse é justamente um dos pedidos que eu tinha feito na lista que a gente queimou.

Um caderno? Tem gente que se conforma com pouca coisa, pensei. Esse deve ser o segredo da felicidade, não?

Para Júlia, um romance da coleção *Top Secret* das Edições Campurriana, sua favorita. O livro se chamava *Algum dia, quando você puder ser minha namorada*. O nome do autor eu não lembro, mas acho que o importante, nesse caso, não era o autor, e sim aquele que dava o presente. Quando Júlia entendeu, quase teve um ataque. Aposto o que vocês quiserem que também, em algum lugar de sua lista de pedidos de ano-novo, estava escrito o nome do chato do meu irmão. Vocês não acham?

Pra mim, a melhor parte. Uma passagem de avião de ida e volta a Nova York. Era um presente incrível, e o melhor é que eu também o tinha colocado na minha lista. Quando escrevi, pensei que estava exagerando ao fazer um pedido como aquele. E não tinha passado nem uma hora depois disso! No envelope em que vinha a passagem encontrei uma notinha: "Você quer vir me contar sobre sua vida em Nova York, princesa?" Era a letra do meu pai. Este último comentário é dirigido aos menos audazes, aos que sempre querem tudo explicadinho.

Somatória final: os três presentes concretizavam três desejos das nossas listas particulares. Teria algo a ver com a misteriosa bolinha alaranjada da Raquel? Ah, impossível saber. Pelo menos naquele momento.

Fala a verdade

Com certeza vocês estão se perguntando, assim como a gente fez naquela noite, onde se tinha metido Teresa. É uma pergunta que, como costuma acontecer nesses casos, tem uma resposta fácil: Teresa estava na casa dela. Sim, eu sei. Sei que essa resposta merece uma explicação.

Aconteceu que, justamente quando estava saindo para pra vir nos ver, Teresa topou com uma malhumorada Lílian que voltava para casa sem vontade de falar com ninguém. Por azar, ela não conseguiu satisfazer esse desejo porque, assim que a viu, Teresa pronunciou aquela frase terrível que todas já escutamos alguma vez:

— Lílian, preciso falar com você.

Ela tentou resistir, dar desculpas, demorar no banheiro, mas Teresa permaneceu impassível: tinha decidido que iria falar com ela e não estava disposta a sair dali antes de ter feito isso. Teresa, quando está determinada, sabe ser muito impositiva. Por fim entendi de onde vem esse traço do caráter de Júlia.

Não tenho a menor idéia de como foi aquela conversa, e por nada nesse mundo gostaria de tê-la presenciado. Não posso suportar ver tristes as pessoas de que mais gosto, e algo me dizia que Teresa — e, por extensão, Salvador — teria naquela noite uma grande decepção com sua sobrinha adotiva. Tudo o que aconteceu ali, em resumo, pertence aos arquivos secretos da família, e sobre isso ninguém nos contou mais do que o necessário. Teresa, alguns dias mais tarde, contou somente um pouco da história, nada alegre e nada divertida, da Lílian e de suas razões para ter vindo nos visitar e não querer voltar ao seu país. Vocês querem saber? Preparadas?

Era uma vez, uma menininha romena de 11 anos que tinha aptidão para a ginástica e uma grande, enorme vontade de virar adulta. Era a filha única de uma mulher espanhola que uma vez viajou a um país estranho chamado Romênia e ali conheceu um homem, se apaixonou por ele, se casou, encontrou trabalho e nunca mais se lembrou de voltar à Espanha. Porém, a menina romena falava espanhol perfeitamente e sabia que, se algum dia precisasse viajar ao país de origem de sua mãe, poderia fazê-lo sem nenhum problema. Ainda mais quando um tio por parte de pai tinha acabado de se casar com uma avozinha espanhola muito simpática chamada Teresa.

A menina romena era ágil como um gato, veloz com uma lebre e flexível como um ramo de árvore. Tudo isso foi percebido por um treinador de ginastas famosas (na Romênia, há várias) que alguns meses antes tinha ficado sem trabalho. Assim que a viu, sentiu que Lílian tinha potencial de campeã olímpica. Por isso, propôs a ela que treinasse alguns dias por semana para comprovar se suas suspeitas estavam certas. Mas para ser campeã olímpica é preciso trabalhar muito duro, treinar muitas horas por dia. Por isso, Lílian começou a dedicar à ginástica todas as suas forças. Sempre tinha tirado boas notas no colégio, então acreditava que podia se permitir treinar diariamente sem que seus estudos fossem prejudicados. Contudo não foi assim. Não demorou muito para que Lílian sofresse uma queda em seu rendimento escolar. Então a mãe dela tomou uma decisão inegociável:

— Você não vai mais treinar — disse a ela. E, caso não estivesse claro, acrescentou — É minha palavra final.

E aqui faz nova aparição o treinador, um homem disposto a tudo para alcançar seus objetivos. Porque uma ginasta jovem e boa como Lílian podia fazê-lo ganhar muito dinheiro. E ele precisava de dinheiro para sair do país e ir viver o mais longe possível da

Romênia. Mas Lílian não sabia nada disso. Só sabia que tinha um sonho — ser ginasta — e que aquele homem estava disposto a explicar o que ela deveria fazer para alcançá-lo. Mesmo que, para isso, ela tivesse que enganar todo mundo, incluindo as pessoas que mais gostavam dela nesse mundo.

— Você precisa encontrar uma maneira de ir para a Espanha. Lá existem centros especializados muito bons e você vai poder trabalhar neles sem que ninguém controle seus passos. Com sua dupla nacionalidade vai ser facilmente admitida em um deles. Além do mais, disso me encarrego eu mesmo.

Também se encarregou de outras coisas: falsificar assinaturas, fingir que contava com o apoio da família de Lílian e até esconder a verdade dela própria quando a excluíram da equipe:

— É pelo seu baixo rendimento. Você tem que trabalhar mais.

Por isso Lílian comparecia sempre que podia ao inquietante *Centro de Alto Rendimento*. Por isso mentia para todo mundo. Por isso era tão misteriosa. A culpa de quase tudo o que lhe acontecia era do treinador mafioso e de sua afeição pela ginástica.

— Se alguém perguntar algo, você diz que tem 13 anos — chegou a pedir.

— Por que isso? — interrompeu Anali, quando Teresa nos estava contando tudo.

— Se ela não tivesse mentido, teria sido obrigada a esperar uma eternidade para competir, e o que interessava àquele desalmado era que ela competisse o mais rápido possível para que ele pudesse ganhar muito dinheiro à sua custa.

Teresa nos explicou que aquele não era o único treinador de ginástica feminina que tinha uma idéia dessas.

— Há coisas piores — acrescentou — que, por sorte, ele não conseguiu fazer com a Lílian.

"Mas que absurdos chegam a cometer alguns", pensamos nós. Era difícil acreditar naquilo tudo que estávamos descobrindo.

— E a história das propagandas? — perguntei.

— Isso também é culpa daquele homem. Ele queria enriquecer o mais rápido possível e fez Lílian acreditar que eles precisavam de dinheiro para pagar o treinamento.

— E ela aceitou.

— Ela não está isenta de todas as culpas. Mentiu para todo mundo. Para os pais dela, para mim, para Salvador... Era tal sua ambição em conseguir, a todo custo, competir nas Olimpíadas, que ela não se importava nem com os meios que tinha que empregar para conseguir isso.

— E, depois disso, foi enganada.

— Sim, de algum modo, ela recebeu o castigo que merecia... Enganava e foi enganada. Nem mesmo tinha sido admitida no *Centro de Alto Rendimen-*

to. Apesar de ser verdade que poderia ter conseguido, porque não lhe faltam méritos para isso.

— E agora o que vai acontecer com ela?

— Amanhã mesmo volta à Romênia. Acho que ela vai ter pela frente uma temporada um pouco dura, mas vou tentar falar com a mãe dela para que não a afaste da ginástica. Ela é realmente boa. Basta ver na propaganda da televisão.

Com certeza. Aquela propaganda era a prova de que Lílian tinha potencial para ser ginasta e que chegaria longe se não se interpusessem coisas demais no caminho dela.

— E o treinador?

— Para ele as conseqüências são piores. A mãe da Lílian já se encarregou de denunciá-lo à polícia. Acho que ele não vai conseguir enganar mais ninguém. E muito menos treinar. Que pena! Em seu tempo, ele foi muito famoso, sabiam? Foi um dos treinadores da Nadia Comaneci.

— Quem é Nadia Comaneci? — perguntei.

— Venham, vou mostrar a vocês.

Seguimos Teresa pelos corredores coloridos de sua casa até chegarmos ao quarto que Lílian vinha ocupando durante aquele período que passou entre nós. Cobrindo o amarelo das paredes, que Teresa e Salvador escolheram pensando nela, havia meia dúzia de pôsteres enormes. Todos com uma coisa em comum: eram fotos de ginastas. Todas meninas.

Sorridentes, muito jovens, magras, vestidas de maiô, com olhos pintados e uma ou várias medalhas penduradas no pescoço. Os nomes eram desconhecidos para a gente e, em alguns casos, difíceis de se pronunciar, mas era fácil imaginar por que razão estavam ali: Lílian sonhava em ser, algum dia, como elas.

Não disse nada às minhas inseparáveis, mas pela primeira vez, vendo o quarto vazio, a cama desfeita e nas paredes aquele rastro inconfundível da passagem dela pelo nosso mundo, senti simpatia por aquela menina que tínhamos odiado com tanta intensidade. E surpreendi a mim mesma olhando aquelas fotos e repetindo em meu íntimo:

"Tomara que ela consiga."

Todo mundo sabe: ano novo, vida nova. Pelo menos para os filhinhos da Roxi. Graças às nossas tramas daqueles dias, ao nosso enorme talento para os negócios felinos, e também aos méritos próprios dos gatinhos, que estavam mais bonitos do que nunca, a repartição felina ficou assim:

Era lógico que o primeiro fosse para Raquel, na sua condição de avó. Por isso ela ficou com o simpático Segunda (que, além do mais, era um dos mais civilizados). Para Cléo designamos a maior das três gatas: Sábado, que também era um pouco louquinha (dormia de barriga para cima) e tinha suas excentricidades (gostava de comida para cachorro). Serão muito felizes juntas. Se o mais belo era, por unanimidade, Domingo, e o doutor Santos queria pra Paula o mais bonito de todos, a decisão estava tomada: o Domingo iria para Paula. Para Barbadillo ficou muito claro desde o princípio que tínhamos que mandar o bagunceiro do Quinta, porque eram a parceria perfeita. E, de presente, seu irmãozinho Terça. Teresa pegou carinho pela Sexta, outra das gatinhas.

— Assim, se um dia Lílian vier nos visitar, poderemos dizer que é a gata dela.

Já não valia a pena esclarecer aquele mal-entendido e que Sexta ficasse com Teresa era uma magnífica notícia.

Dessa maneira, só restava Quarta. Roxi olhava para a filha como se estivesse se perguntando por que ela também não ia embora.

— É uma fêmea — dizia eu. — Se não tiver outro jeito, talvez minha mãe me deixe ficar com ela.

Não passou muito tempo antes que esse problema fosse resolvido. Foi graças a uma ligação para o meu celular.

— Oi, é Ângela quem está falando. Você é Lisa? Vi seu anúncio.

Puxa! Eu já tinha me esquecido dos anúncios. Talvez porque, desde que a gente os colocou, aquela era a primeira pessoa que demonstrava ter visto um.

— Sim, sou eu.

— Você ainda está dando gatinhos?

— Sim, uma gatinha. Só sobrou ela.

— Bom, para mim dá na mesma. Talvez seja ainda melhor ter uma gata, não?

Não entendi muito bem a que ela se referia, mas concordei, seguindo os sábios conselhos da Anali.

— E é muito grande?

— Tem um mês e meio.

— Eu e meus filhos gostaríamos de vê-la. Se for possível, é claro.

Os filhos da Ângela se chamavam Júlio e Alexandre e não eram muito parecidos um com o outro. Júlio era só osso, magrinho, com uma mecha de cabelos muito engraçada, dura como arame, e um sorriso tímido encantador. Alexandre, em compensação, era loiro e um pouco gordinho. Talvez por ser quase um bebê. A primeira vez que o vimos ele devia ter pouco mais de um ano. A cabeça dele era toda coberta de uns fiozinhos loiros e, na testa, havia uma grande mecha dourada, mais comprida do que o resto. Ambos se entusiasmaram com Quarta. E a gata com eles. Assim que os viu, deixou de se interessar pelo resto dos seres humanos do mundo. Foi o que se costuma chamar de amor à primeira vista. Decidi que o justo era que ela fosse com eles. Ela estaria mais do que bem.

E foi assim que os sete gatinhos da Roxi encontraram seu lugar no mundo dos humanos e dos gatos. Não passaria muito tempo antes que voltássemos a vê-los, mas naquele instante nós não podíamos saber disso.

Conheço poucas coisas mais deprimentes que o fim das férias de Natal. No entanto, dessa vez ele teve um toque diferente. Aconteceu na última noite, quando Roxi e eu acabávamos de voltar para casa. Eu tinha tomado banho, arrumado as coisas do colégio para o dia seguinte e falado três vezes, por telefone, com minhas inseparáveis, enquanto escutava minha mãe murmurar:

— Não sei o que mais vocês têm para contar umas às outras. Vocês acabaram de se ver e agora estão grudadas no telefone.

O ar estava ficando denso de puro tédio, a televisão não fazia mais que repetir que as festas tinham terminado, que a rotina tinha voltado aos nossos lares e blablablá. Para piorar, era o dia de folga da Vicenta. Um saco. Nesse momento, tocou o telefone e meu pai apareceu para me salvar.

— Oi, preciosa, o Papai Noel entregou meu presente a você?

— Entregou, pai. É extraordinário.

— Ah, fico feliz. Isso significa que você aceita o meu convite?

— Mmmm... Não sei. Tenho que pensar.

— Eu já imaginava que uma menina tão interessante não poderia aceitar de primeira. Certo. Talvez eu possa tentar convencer você pessoalmente, se quiser.

— Você virá para casa?

— Vou, se você não achar ruim.

Duas visitas do meu pai em menos de duas semanas? Estava acontecendo algo estranho.

— E quantos dias você vai ficar?

— Alguns. Talvez umas duas semanas.

Umas duas semanas? Aquele não era o meu pai, com certeza, o Papai Noel devia tê-lo trocado.

— Está acontecendo alguma coisa, pai?

— Que pergunta mais imprópria para alguém com 13 anos. Não penso em respondê-la — brincou.

— Bom, então me conta o que você andou fazendo em Copenhague?

— Não, não, não. Isso deixo para o nosso jantar em Nova York. Não pode ser você a única a guardar segredos.

— É segredo o que você está fazendo?

— Bom, eu não o chamaria assim. Quer dizer, só para você. Para você é segredo.

— E se eu perguntar para a mamãe?

— Ahá, já pensei nisso. Ela está do meu lado. No máximo, vai dar uma pista.

— Por que você não me dá?

— Certo. Tenho me dedicado a caçar duendes.

— Pai, eu já não tenho três anos de idade.

— Ceeerto. Eu comecei um caso com um pingüim fêmea e acabei tendo problemas porque ela estava casada com um pingüim macho muito mau-caráter.

— Pai! Diga-me a verdade, vai.

— A verdade, não. Uma pista: em Copenhague fica a matriz da minha empresa e eu já venho trabalhando sem parar há muitos anos. Caiu a ficha?

— Não. Talvez Artur possa me ajudar.

— Acho que não. Ele não sabe de nada.

Ele estava ganhando. Mas era só o primeiro assalto.

— Você chegou a se encontrar com seu namorado durante estas férias? — perguntou ele, mudando de assunto de modo bastante intencional.

— Não é namorado, pai.

— Certo. Mas então, você encontrou o quem quer que seja?

— Não. Ele foi à Alemanha com os pais. Todos os homens da minha vida viajam sem parar — acrescentei.

— E o que você fez estes dias, então?

— Comi até estourar, fiquei brava todas as vezes que olhei para a TV e tive que agüentar uma romena insuportável — expliquei.

— Não parece muito interessante — opinou ele.

— Ah, e distribuí gatos.

— Bom, sua mãe deve estar contente.

— E também aconteceu uma coisa estranha, mas conto para você no nosso jantar — disse eu, tirando do bolso a bola alaranjada da Raquel.

— Pelo que estou vendo, vamos precisar de muito tempo para jantar. Você não pode me adiantar alguma coisa?

Não respondi. Tinha ficado paralisada ao ver a bolinha.

— Lisa? Você está me ouvindo? Continua aí?

Eu continuava ali, mas não podia afastar o olhar da bola da Raquel. Ela já não era laranja, e sim preta. Um preto muito escuro que eu nunca tinha visto na vida. Por alguma estranha razão, a bolinha tinha mudado de cor.

*Este livro foi escrito em Mataró, durante
a primavera e o verão de 2004*

Este livro foi composto na tipologia Schneidler BT,
em corpo 11/15, e impresso em papel
off-white 80g/m², no Sistema Cameron da
Divisão Gráfica da Distribuidora Record.